도라 브루더

DORA BRUDER
by Patrick Modiano

이 도서의 국립중앙도서관 출판시도서목록(CIP)은
e-CIP 홈페이지(http://www.nl.go.kr/cip.php)에서 이용하실 수 있습니다.
(CIP제어번호: CIP2007003229)

Dora Bruder

도라 브루더

파트릭 모디아노 장편소설

김운비 옮김

문학동네

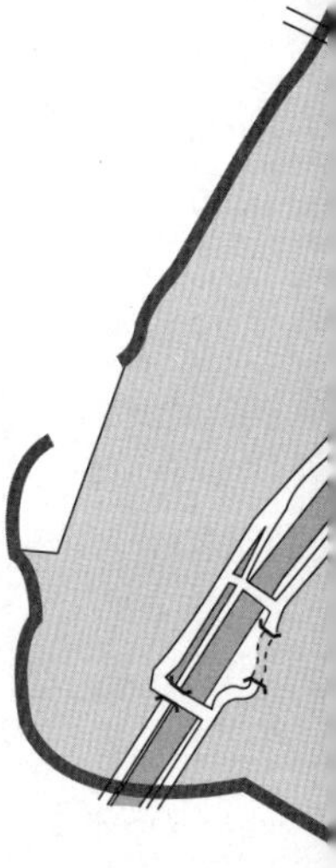

PARIS_파리 지도

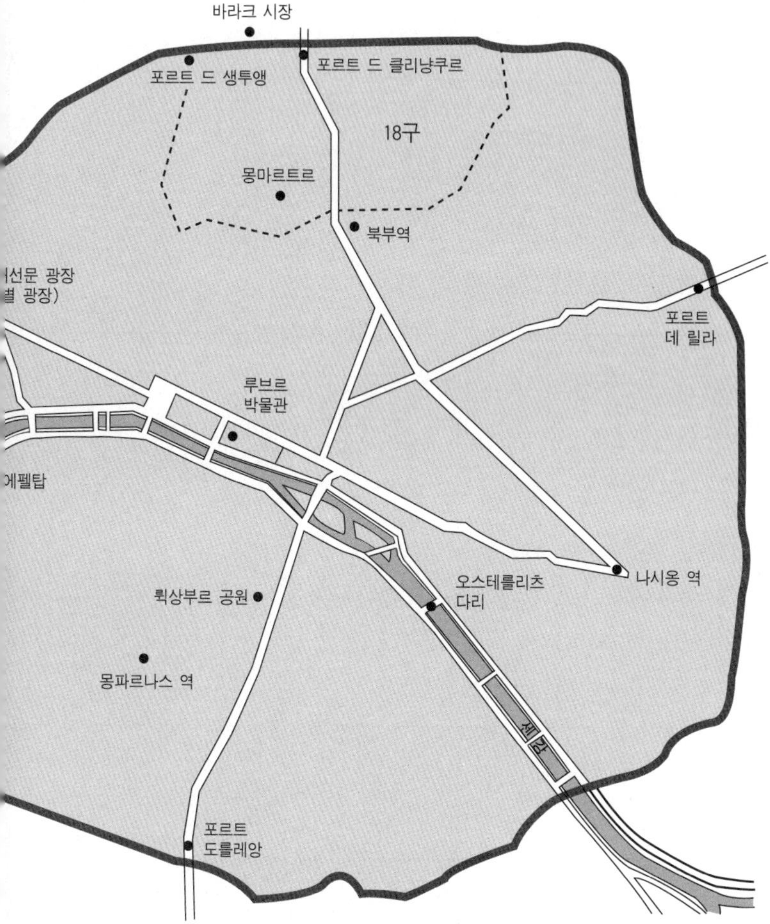
바라크 시장
포르트 드 생투앵
포르트 드 클리냥쿠르
18구
몽마르트르
북부역
포르트 데 릴라
루브르 박물관
에펠탑
나시옹 역
오스테를리츠 다리
뤽상부르 공원
몽파르나스 역
센 강
포르트 도를레앙

1

팔 년 전 어느 날이었다. 나는 옛날 신문을 들추다가 1941년 12월 31일자 〈파리 수아르〉*에서 우연히 3면의 한 기사란에 눈을 멈췄다. '어제와 오늘 사이'. 그 밑에서 이런 걸 읽었다.

파리

여자아이를 찾습니다. 도라 브루더, 15세, 1미터 55센티미터, 갸름한 얼굴, 회갈색 눈, 회색 산책용 외투, 자주색 스웨터, 감청색 치마와 모자, 밤색 운동화. 모든 정보는 브루더 부부에게로 연락 바람. 오르나노 대로 41번지, 파리.

* 양차대전 사이에 파리에서 가장 많이 팔린 석간신문.

오르나노 대로가 있는 북쪽 구역을 나는 오래전부터 알고 있다. 어렸을 때 엄마를 따라 생투앵 벼룩시장에 가곤 했었기 때문이다. 우리는 포르트* 드 클리냥쿠르에서 버스를 내리거나 가끔은 18구 구청 앞에서 내렸다. 언제나 토요일 또는 일요일 오후였다.

겨울이면 클리냥쿠르 군부대 병영을 따라 길게 뻗어난 큰길 보도에는 삼발이 장치를 세워놓은 사진사가, 곰보 콧잔등에 동그란 테안경을 걸친 그 뚱보 사진사가 오가는 행인들 물결 속에 자리를 잡고서 '추억 사진'을 찍어주겠다고 했다. 여름철이면 그 사진사는 도빌의 '태양' 카페 앞에서 펼쳐지는 노천 무대로 자리를 옮겼다. 거기엔 꽤 손님이 있었다. 그러나 여기 클리냥쿠르 어귀에서는 행인들이 그다지 사진을 찍으려 들지 않는 것 같았다. 그는 낡아빠진 외투를 걸친데다 신발 한 짝에 구멍이 나 있었다.

1958년 5월, 햇살 쪼이는 어느 일요일 오후의 황량한 오르나노 대로와 바르베스 대로가 기억난다. 교차로마다 헌병대 무리들이 진을 치고 있었다. 알제리 사태** 때문이었다.

---

* porte : 도시의 문에 해당하는 진입로.

** 알제리의 수도에서 프랑스 식민지 군대와 거류민층이 본국정부에 대항하여

나는 1965년 겨울 그 구역에 자주 갔다. 여자친구가 샹피오네 가에 살고 있었다. 전화번호는 오르나노 49-20.

이미 그 무렵에는 클리냥쿠르 병영 담벽을 따라 흐르던 주말 인파가 그 뚱보 사진사를 쓸어내버렸겠지만, 나는 확인하러 가보진 않았다. 대체 뭣에 쓰였던가 그 병영은? 언젠가 주위에서 들은 얘기로는 식민지군이 머물던 곳이라고 한다.

1965년 1월, 오르나노 대로와 샹피오네 길이 만나는 교차로에 저녁 여섯시경 밤이 내렸다. 나는 아무것도 아니었다. 난 그저 그 황혼녘에, 그 거리들에 섞여 있을 뿐이었다.

마지막 카페, 오르나노 대로의 짝수 번지 쪽으로 맨 끝에 자리한 카페 이름은 '여하튼 부어라'였다. 거기서 왼편으로 네 대로의 모퉁이에는 주크박스가 있는 또다른 카페가 자리했다. 오르나노와 샹피오네의 교차로에는 약방이 하나, 카페가 둘, 그리고 뒤엠 가로 꺾어드는 모퉁이에 좀더 오래된 카페가 하나 있었다.

이들 카페에서 내가 기다렸던 것…… 이른 새벽 아직 어둠이 깔려 있을 때나 늦은 오후 땅거미가 몰려들 무렵, 그리고 더 느지막이 카페 문을 닫는 시각에……

일요일 저녁이면 낡은 검정색 스포츠카 한 대가 샹피오네 가

일으킨 반란 소요.

의 유치원 옆에 주차해 있었다. 재규어 같았는데, 차 뒤편에 GIG 라는 표지판이 달려 있었다. 큰 부상을 입은 상이군인(Grand invalide de guerre). 그 지역에서 이런 차의 존재는 내게 아주 깊은 인상을 남겼다. 차 주인은 어떻게 생긴 인물일까 나는 궁금했다.

밤 아홉시가 지나면 거리는 텅 비었다. 나는 아직도 생플롱 지하철역 입구의 불빛을 기억한다. 또 거의 맞은편의 '오르나노 43' 영화관 입구의 불빛도 기억한다. 영화관 곁에 있는 41번지 건물은 한번도 내 주의를 끌지 않았으나 그럼에도 여러 달, 여러 해 동안 나는 그 앞으로 지나다녔다. 1965년부터 1968년까지. 모든 정보는 브루더 부부에게로 연락 바람. 오르나노 대로 41번지, 파리.

2

어제와 오늘 사이. 여러 해가 흘러간 지금, 내 시야는 흐려지고 지난 겨울들은 서로서로 뒤섞이고 있다. 1965년 겨울과 1942년 겨울……

1965년에 나는 도라 브루더에 대해 아무것도 알지 못했다. 그러나 지금은, 어느덧 삼십 년이 지나 이런 생각이 든다. 오르나노 교차로 부근 카페들에서 그 오랜 기다림이며 늘상 같았던 여정들—나는 몽스니 길을 따라 올라가 몽마르트르 언덕의 호텔들에 다다르곤 했다. 호텔 로마, 알시나, 또는 콜랭쿠르 길가의 호텔 테라스 같은 곳들—그리고 내가 간직했던 덧없는 시간의 인상들, 어느 봄날 밤 클리냥쿠르 공원의 나무 밑에서 불현듯 날카로운 목소리의 파향(破響)을 들었던 그때라든가 아니면 다시 겨울이 되어, 생플롱 역과 오르나노 대로를 향해 걸어내려오던 그때의 어떤 인상들, 이 모든 것들이 그냥 단순한 우연만은 아니었던 것이다. 미처 의식하지 못한 상태로 나는 도라 브루더와 그녀 부모의 흔적을 쫓고 있었던 것이다. 그들은 이미 예전부터, 투명한 무늬결처럼 거기 있었다.

나는 징후들을 찾으려 한다. 시간 속에서 가장 오랜 징후들을. 열두 살 무렵인가, 엄마와 함께 클리냥쿠르 벼룩 시장에 갔을 때, 폴란드계 유대인 사내가 여행가방을 팔고 있었다. 말릭 상가니 베르네종 상가니 하는 온갖 가두 점포들이 늘어선 그 좁은 통로들 중 하나가 시작되는 지점의 오른편에서, 사내는 가방을 팔고 있었다. 소가죽, 악어가죽 따위로 만들어진 호사로운 가방들과 표백 처리가 된 마분지 가방들, 여행가방들, 대서양을 횡단하는 선박업체들의 꼬리표가 달린 대형 트렁크들, 모두 더미더미 포개져 쌓여 있었다. 사내의 진열대는 노천에 있었다. 그는 늘 입꼬리에 담배를 물고 있었고 어느 오후엔가는 내게 하나를 권하기도 했다.

때때로 나는 오르나노 대로의 영화관에 갔다. 그 거리 끝자락의 '여하튼 부어라' 옆에 자리한 클리냥쿠르 팔라스 극장, 그리고 오르나노 43 극장.

훗날 나는 '오르나노 43'이 꽤 오래된 영화관이라는 것을 알게 되었다. 1930년대 사람들은 그 건물을 개축하면서 호화 유람선의 모습으로 만들어놓았다. 1996년 5월에 나는 그 부근에 다시 가보았는데 영화관 자리에는 상점이 들어앉아 있었다. 오르나노 43번지에서 옆으로 작은 사잇길을 건너면 오르나노 41번지 건물 앞, 도라 브루더의 실종 기사에 나오는 바로 그 주소다.

19세기 말에 지어진 육층 건물. 41번지는 39번지와 한 블록을 이루어 앞편으로는 오르나노 대로에, 옆으로는 에르멜 가 입구에, 뒤편으로는 생플롱 가에 둘러싸여 있다. 두 건물은 아주 닮았다. 39번지에는 '리슈푀'인가 하는 건축가 이름과 건축 연도를 알려주는 글자가 새겨 있다. 1881. 틀림없이 그건 41번지에도 해당될 것이다.

2차대전 이전부터 1950년대 초반까지 오르나노 41번지는 셋방 호텔이었다. '황금사자 호텔'이라 불리던 39번지도 사정은 매한가지로, 전쟁 전에 이 건물 아래층에는 가잘이라는 사내가 운영하던 카페 식당이 들어 있었다. 나는 41번지 호텔 이름은 알아내지 못했다. 1950년대초에 이르러 이 주소에는 '오르나노 호텔 및 스튜디오* 협회'라는 것이 출현한다. 전화번호는 몽마

---

* 이 책에 나오는 변두리 호텔들은 대개 장기투숙하는 여관이라고 보면 무방하다. 스튜디오는 방 한 칸짜리 셋집을 가리킨다.

르트르 12-54. 그리고 전쟁 이전처럼 카페가 있었고 주인 이름은 마르샬이었다. 이 카페는 이미 존재하지 않는다. 그것은 정문 오른쪽에 있었을까 아니면 왼쪽에 있었을까.

정문을 들어서면 꽤 긴 복도가 나타나고 복도 맨 구석에서 오른쪽으로 계단이 나 있다.

3

뭔가 지워졌던 것들이 빛 가운데로 다시 떠오르기 위해서는 긴 시간이 필요하다. 흔적들은 어떤 기록들 안에 존속한다. 사람들은 어디에 그런 기록이 숨어 있으며 어떤 관리자가 그걸 지키고 있는지, 그들이 선뜻 그걸 당신에게 내보여주려 할 것인지, 잘 알지 못한다. 어쩌면 관리자 자신들이 그런 기록의 존재 자체를 까맣게 잊었을 수도 있다.

하더라도 약간의 끈기만 있다면.

나는 마침내 도라 브루더와 그녀 부모가 전쟁 전부터도, 1937년에서 1938년 사이 즈음에도, 오르나노 대로의 셋방 호텔에 살고 있었다는 사실을 알아냈다. 그들은 육층의 부엌 딸린 단칸방에 묵었다. 쇠창살 발코니가 두 쌍둥이 건물을 한꺼번에 둘러치고 있는 이 꼭대기 층에는 열 개 가량의 창문이 나 있다. 그 가운데 두셋은 오르나노 대로 쪽으로, 나머지 창들은 에르멜 가와 뒤편의 생플롱 가로 향해 있다.

내가 다시 그 구역을 찾아갔던 1996년 5월의 그날, 생플롱 가를 내려보는 육층의 창문 두 개는 붉게 녹슨 차양이 내려진 채 닫혀 있었고 창문 앞 발코니에는 이미 오래전부터 버려진 듯한 잡동사니 폐물더미가 보였다.

도라 브루더는 전쟁이 일어나기 전에 이 년이나 삼 년쯤, 가까운 공립학교에 다녔을 것이다. 나는 오르나노 일대의 각 학교마다 교장선생 앞으로 편지를 써서, 학적부에서 그녀 이름을 찾을 수 있는지를 물었다.

페르디낭 플로콩 가 8번지.

에르멜 가 20번지.

샹피오네 가 7번지.

클리냥쿠르 가 61번지.

그들은 친절히 답해주었다. 누구도 전쟁 전의 학생들 명단에서 그 이름을 발견하지 못했다고 말이다. 샹피오네 가 69번지에 있는 옛 여학교의 교장은 날더러 직접 찾아와서 학교 기록들을 훑어보라고 연락을 주었다. 어느 날엔가 나는 가볼 거다. 물론 망설여지기도 하지만. 그녀 이름이 거기 나오기를 언제까지나 희망하고 싶기도 하다. 그곳은 도라가 살던 곳에서 가장 가까운 학교였다.

그녀의 정확한 생년월일을 알아내기까지는 사 년이 걸렸다. 1926년 2월 25일. 그리고 출생지를 알기 위해서는 이 년이라는 세월이 더 필요했다. 파리 12구. 하지만 난 끈기 있는 놈이다. 몇 시간이라도 빗속에서 기다릴 수 있다.

1996년 2월의 어느 금요일 오후, 나는 파리 12구 구청 호적과를 찾아갔다. 창구 직원은 젊은 사내였고 서류 한 부를 내게 건네주며 채워넣으라고 했다.

신청인

성(姓) :

이름 :

주소 :

▪ 본인은 아래 사람에 관한 출생증명서 등본을 신청함.

성 : 브루더

이름 : 도라

생년월일 : 1926년 2월 25일

▪ 피신청인과의 관계. 해당사항에 표시하시오.

신청인 본인

아버지 또는 어머니

조부 또는 조모

아들 또는 딸

배우자

법적 대리인

피신청인의 신분증 및 위임장을 소지한 자

▪ 이상의 경우를 제외하고는 출생증명서 등본의 발급은 불가함.

나는 종이에 서명하고서 창구 사내에게 넘겨줬다. 사내는 그걸 죽 훑어보더니, 출생증명서 등본을 당신에게 내줄 수 없다고 말했다. 나는 문제의 이 사람과 아무 연고가 없다는 것이었다.

순간 나는 그가 망각의 파수꾼이라고 생각했다. 부끄러운 비밀을 감호하면서 누군가의 삶에 대한 최소한의 흔적이라도 일단 추적해오는 자들에게는 금지하도록 책임을 맡은 파수꾼 사내, 그러나 사람은 좋아 보였다. 그는 파리 법원에 예외신청을 내보라고 조언을 해주면서 팔레 대로 2번지, 호적 3과, 건물 오층, 5번 계단, 사무실 501호, 월요일부터 금요일까지, 오후 두시부터 네시까지 등을 알려주었다.

팔레 대로 2번지, 큰 철책문과 중앙 마당, 그 안으로 막 들어서려는 찰나에 보초병이 내게 다른 입구를 가리켰다. 조금 아래쪽으로 보이는 그 입구는 성당으로 통하는 것이었다. 두 방책 사이로 기다랗게 줄을 선 관광객 무리가 기다리고 있었고, 나는 무작정 그 입구의 문을 통과하려다 또다른 보초병의 사나운 몸짓에 걸리고 말았다. 보초병의 몸짓은 다른 관광객처럼 줄을 서라는 뜻이었다.

입구로 들어서면, 그곳의 규칙이 요구하는 대로 주머니 속에 들어 있는 모든 금속 물체를 꺼내놓아야 했다. 나한테는 열쇠꾸러미뿐이었다. 일종의 컨베이어 벨트 위에 그걸 내려놓았다가 유리창 건너에서 다시 그걸 집어들어야 했다. 하지만 그 순간에 나는 이런 유의 통과작업에 대해 전혀 뭘 모르고 있던 터라, 주춤거렸던 까닭에 또다른 보초병으로부터 얼마간 투박을 먹었다. 그는 헌병이었나? 경찰이었나? 감옥에 들어갈 때처럼 내 구두끈, 혁대, 지갑도 죄다 풀어서 그자에게 넘겨야 하지 않았을까.

나는 안뜰을 가로질렀다. 이어서 긴 복도를 지나 검은 서류가방을 하나씩 손에 든 남자들과 여자들이 걸어다니는 아주 널찍한 홀에 도달했다. 그들 몇몇은 변호사 가운 같은 것을 걸치고 있었다. 어디로 가야 5번 계단에 도달하는지, 그들에게는 물어볼 엄두가 나지 않았다.

탁자 뒤에 앉은 경비원이 홀의 끄트머리를 가리켰다. 거기서 나는 약간 돌출된 창문들로 뿌연 회색 빛살이 들어오는 텅 빈 방으로 빠져들었다. 그러나 방 안을 아무리 돌아다녀도 5번 계단은 보이지 않았다. 무슨 악몽에서처럼 시간은 자꾸 흘러가고 기차역은 나타나지 않아, 기차를 놓쳐버릴 것만 같은 아찔한 순간의 공포가 나를 덮쳐왔다.

예전에도 그 비슷한 일이 있었다. 스무 해쯤 전에, 나는 아버지가 살페트리에르 병원에 입원해 있다는 소식을 들었다. 십대의 청춘 시절이 끝난 이후로 나는 그를 다시 만나본 적이 없었지만 그때는 즉흥적으로 그를 찾아가보기로 마음먹었다.

그를 찾으려고 광활한 공간을 가로질러 몇 시간이나 헤맸던 기억이 난다. 나는 아주 오래된 건물 안으로 들어가 침대가 줄지어 놓여 있는 공동 병실들을 들락거리며 여러 간호사를 붙잡고 물었다. 이들은 내게 서로 엇갈리는 정보만을 일러주었고 그래서 나는 18세기 이래로 온전히 건재해온 그 장중한 교회당과 환상적인 건물더미들 앞을 지나고 또 지나면서, 아버지가 정말 여기에 있는 걸까 하는 의혹에 이를 뿐이었다. 건물들은 마농 레스

코를 생각나게 했고 또 이곳이 '일반 극빈자 병원'이라는 흉흉한 이름으로, 젊은 여자들을 신대륙 루이지애나로 실어보내기 전에 그녀들을 집단 감금하는 곳으로 쓰이던 시대를 떠올려주었다. 저녁 어둠이 내릴 때까지 나는 돌 깔린 안뜰을 서성거렸다. 아버지를 찾는 일은 불가능했다. 나는 이후로 그를 다시 보지 못했다.

마침내 나는 5번 계단을 발견했다. 여러 층을 올라갔다. 일렬로 늘어선 사무실들. 누군가 내게 숫자 501을 달고 있는 그곳을 가르쳐줬다. 짧은 머리의 여자가 도무지 관심 없다는 표정으로 당신 용건은 무엇이냐고 물었다.

메마른 목소리로 여자는 내게 일러주었다. 그 출생증명서 발췌본을 얻기 위해서는 파리 지방검찰청, 오르페브르 강변로 14번지, 3분과 B파트, 공화국 검사님 앞으로 편지를 써야 한다고.

삼 주가 흐른 끝에 나는 답장을 받았다.

일천구백이십육년 이월 이십오일 오후 아홉시 십분, 상테르 가 15번지에서 도라 태어나다. 성별 여, 부친 에른스트 브루더, 일천팔백구십구년 오월 이십일일 빈(오스트리아) 출생, 노동자. 모친 세실 부르데이, 일천구백칠년 사월 십칠일 부다페스트(헝가리) 출생, 무직, 배우자. 거주지 세브랑(센 에 우아즈) 리에주아르 대로 2번지. 작성일 일천구백이십육년 이월 이십칠일 오후 세시 삼십분. 출생신고자 가스파르 메예르, 칠십삼 세, 픽퓌스 가 76번지에 고용 입주, 출산시 입회하였고 이상의 진술 기록을 읽은 뒤, 본 파리 12구 구청장 보좌관 오귀스트 기욤 로시와 공동 서명함.

상테르 가 15번지는 로스차일드 병원의 주소이다. 이 병원 산부인과에서는 도라와 같은 시대에 프랑스로 이민을 와 있던 가난한 유대인 가정의 아이들이 수없이 태어났다. 추측건대 에른스트 브루더는 1926년 2월 25일 목요일에 일터를 떠나 12구 구청으로 손수 자기 딸의 출생신고를 하러 갈 처지가 못 되었던 모양이다. 출생증명서 밑단에 서명을 남긴 가스파르 메예르 옹에 관해서는 아마 기록상으로 약간의 정보를 찾아낼 수 있으리라. 그가 '고용 입주' 되었다고 하는 픽퓌스 가 76번지로 말하자면 갈 데 없는 노인과 극빈자를 위해 세워진 로스차일드 구호소가 자리했던 곳이다.

도라 브루더와 그녀 부모의 흔적은 1926년 겨울 세브랑에서, 이 북동쪽 변두리의 우르크 운하 기슭에서 사라져버린다. 나는 하루 날을 잡아 그 지역에 가볼 생각이다. 하지만 거기 집들과

거리 모습이 바뀌지 않았을까, 세상 모든 변두리의 운명처럼 그렇게 변모하지나 않았을까 두렵다. 옛날 리에주아르 대로에 존재했던 몇몇 업소와 주민들 이름은 남아 있다. 프랭빌 궁(宮)이 24번지를 차지했다. 그게 카페였는지 극장이었는지는 알 수 없고, 31번지에는 일 드 프랑스라는 이름의 지하술집이 열려 있었다. 조랑이라는 의사가 9번지에, 플라텔 씨의 약방이 30번지에 있었다.

도라의 부모가 한때 정착했던 그 거리는 경계 모호한 인구 밀집 구역의 일부였다. 세브랑, 리브리 가르강, 오네 수 부아, 이들 세 읍면에 두루 걸쳐진 밀집 구역, 사람들은 그곳을 프랭빌(브레이크 마을)이라 불렀다. 19세기 초부터 거기 들어와 터를 닦은 웨스팅하우스 브레이크 공장을 중심으로 일대 거리들이 생겨났던 것이다. 노동자들 구역. 1930년대에 그곳은 독자적인 지역 행정권을 쟁취하려고 무진 애를 썼으나 성과를 보지 못했고, 그래서 오늘까지도 변함없이 인접해 있는 세 읍면들에 두루 소속된 운명으로 남게 되었다. 그래도 어쨌거나 그곳은 자기네 기차역을, 프랭빌 역을 소유하고 있었다.

에른스트 브루더, 도라의 아버지, 1926년 겨울에 그는 틀림없이 웨스팅하우스 브레이크 공장의 인부였을 것이다.

4

에른스트 브루더.

1899년 5월 21일 오스트리아 빈에서 태어나다. 이 도시의 유대인 구역 레오폴트슈타트에서 어린 시절을 보냈을 것이 분명하다. 그의 부모는 당시 '제국'의 동쪽 변방에서 흘러든 그곳 유대인들 대개가 그러했던 것처럼, 갈리시아 지방이나 보헤미아, 또는 모라비아 지방 출신이었을 가능성이 크다.

1965년 스무 살 때 나는 빈에 갔었다. 여자친구를 만나러 클리냥쿠르 지역을 드나들던 바로 그해였다. 나는 성 카를 교회 뒤편에 있는 타우프슈투멘가세(귀머거리 벙어리 골목)에 묵었다. 며칠 밤은 서부 기차역 근처의 애꾸눈 호텔에서 보내기도 했다. 빈 교외의 지브링과 그린칭 마을에서, 그리고 오케스트라가 연주하는 공원들에서 보냈던 여름 저녁은 잊을 수가 없다. 하일링엔슈타트로 가는 길에 보았던 여느 텃밭과도 같은 정원 속의 작은 오두막도 생각난다. 7월의 토요일과 일요일, 모두 닫혀 있었다. 하벨카 카페마저도. 도시는 비어 있었다. 전차는 태양 아래 미끄러지듯 북서부 구역을 통과해 푀츨라인스도르프 정원까지 달렸다.

나는 언젠가 다시 가볼 작정이다. 삼십 년이 넘도록 다시 보지 못한 빈, 어쩌면 거기 남아 있을 이스라엘 공동체 호적대장에서 에른스트 브루더의 호적부를 발견할 수도 있으리라. 그러면 그의 아버지 이름과 직업, 출생지, 그의 어머니의 처녀 때 이름도 알게 되겠지. 또 그네들이 살았던 주소도, 북부 기차역과 프라터 숲과 도나우 운하 줄기로 둘러싸인 빈 2구의 유대인 구역 어디쯤에 그들이 살았던가도 알게 되겠지.

소년 에른스트는 자라면서 프라터 일대의 카페들과 극장을 알게 되었다. 거기서 부다페스트 배우들이 즐겨 공연하는 연극을 보았고 슈베덴(스웨덴) 다리를 건너다녔으며 타보르 거리의 증권거래소, 카르멜 수녀들의 바자회도 보았을 것이다.

1919년 빈에서 그의 스무 살은 나의 그때보다 훨씬 가혹한 것이었다. 동부 전선에서 오스트리아 군대가 패배를 고하기 시작하자 수천 수만의 난민 떼가 잇단 파도처럼 밀려들었다. 갈리시아, 부코비나, 우크라이나 지역에서 도망쳐온 그들은 빈 북부 기차역 주변의 빈민굴 안으로 빼곡히 들어찼다. 빈은 더이상 존재하지 않는 자신의 제국으로부터 단절되어 표류하는 도시였다. 에른스트 브루더는 문 닫힌 상점들의 거리를 떠도는 실업자 떼거지들 가운데서 좀처럼 눈에 띄지 않았을 것이다.

혹시라도 그는 동부 피난민들에 비하면 그래도 좀 나은 출신이었을까? 타보르 거리의 어느 상점 주인의 아들이라도 되었을까? 어떻게 그걸 확인해볼거나?

스무여 해가 지나, 나치 강점기에 유대인 소탕 작업을 위해 작성된 신상 파일을 보게 되면—이건 오늘까지지도 프랑스 재향군인청에 굴러다니는 수천 개 파일 중 하나인데—에른스트 브루더의 경력은 이렇게 기록되어 있다. '프랑스 외인부대 이등병'. 다시 말해 그는 어느 날 외국 군대에 지원 입대했다는 얘긴데, 나로서는 그 정확한 날짜를 확인해볼 길이 없다. 1919년? 1920년?

지원 입대는 오년제였다. 지원자는 프랑스 땅을 밟을 필요도 없이 프랑스 영사관을 찾아가기만 하면 되었다. 그는 빈에서 지원했을까, 아니면 그때 벌써 프랑스로 건너와 있었나? 어떤 경우이든, 당시 정황으로 보아 에른스트 브루더는 다른 독일인, 다른 오스트리아인 졸병 무리에 섞여 벨포르와 낭시(프랑스 북동부 지역) 병영들로 인도되었을 것이다. 여기서 사람 대우라는 것은 거칠기 짝이 없었고 다음 코스인 마르세유, 성 요한 요새도 물론 따스이 맞아주는 곳은 아니었다. 그러고는 곧 지중해를 건넜을 것이다. 리요테 총독이 모로코*에서 3만 병사를 필요로 하던 시절이니까.

나는 에른스트 브루더의 인생항로를 그럭저럭 재구성하는 중이다. 외인부대 주둔지 시디 벨 압베스(모로코 국경 부근의 알제리)에서 그들은 특별수당을 받았다. 지원병들은 대개 독일, 오스트리아, 러시아, 루마니아, 불가리아 출신으로 말할 수 없는 빈곤 상태에 있었으므로 특별수당을 받게 되자 그만 어리둥절해졌다. 믿을 수가 없었다. 그들은 누군가 다시 그 돈을 빼앗아가기라도 할까봐 재빨리 주머니에 쑤셔넣었다. 그리고 훈련이 시작되었다. 모래언덕에서 달리기, 알제리 벌판의 내리꽂히는 태양 아래 끝없는 구보 행진, 에른스트 브루더같이 중부 유럽에서 건너온 병사들 몸으로는 실로 견뎌내기 힘든 훈련이었다. 그들의 청소년기는 사 년간의 전쟁 도가니에서 제한된 배급할당제로

* 모로코 민족주의 독립운동은 1921년 북부 스페인령에서 시작됐지만 무서운 기세로 확산되어 프랑스도 군대를 출병시키지 않을 수 없었다. 분쟁은 1926년까지 지속된다.

인해 영양실조에서 벗어날 때가 없었던 것이다.

그들은 곧 메크네스, 페즈, 마라케슈 병영 등지로 분산되어 여전히 굴복하지 않는 모로코 영토를 평정하기 위한 작전에 투입되었다.

1920년 4월, 베크리트 전투. 라스 타르샤 전투. 1921년 6월, 하얀느 산중에서 랑베르 소령이 이끄는 보병 대대 전투. 1922년 3월, 로트 대위의 슈프 에슈 셰르그 전투. 1922년 5월, 니콜라 보병 대대의 티지 앗드니 전투. 1923년 4월, 아르발라 전투. 타자 산악 협로에서 몇 차례 전투. 1923년 5월, 밥 브리다에서 험악한 교전. 내줄랭 소령의 보병 대대가 강력한 화포로 진압. 5월 26일, 내줄랭 대대가 이셴디르트 산악지대를 야밤 습격하여 점거. 1923년 6월, 타두트 전투. 내줄랭 대대가 정상을 차지. 나팔을 울리며 큰 성채 꼭대기에 프랑스 삼색기를 꽂음. 마른 강 아티아 전투에서 바리에르 보병 대대는 두 차례 총검 돌격을 감행. 뷔셴슈츠 보병 대대는 부 카무지의 남쪽 산봉우리 요새들을 점거. 엘 메르스 강바닥에서의 전투. 1923년 7월, 이무제르 고원 전투. 카탱 대대. 뷔셴슈츠 대대. 수시니와 제누데 대대. 1923년 8월, 마른 강 탐길트 전투.

밤이 오면 이 모래와 자갈의 나라에서 그는 고향 꿈을 꾸었을까. 넓은 가로수길에 밤나무가 줄지어 서 있는 고향 도시 빈. 에른스트 브루더 파일에는 '프랑스 외인부대 이등병' 이외에도 '상이군인 연금 100퍼센트' 라는 사항이 들어 있다. 그 많던 전투들 가운데 대체 어느 전투에서 부상을 당했다는 말인가.

스물다섯 나이에 그는 파리의 돌길을 다시 밟았다. 부상 때문에 자연히 군대와의 계약에서 풀려났을 것이다. 내 추측으로 그는 누구에게도 그 상처에 대해 말하지 않았을 것이다. 사실 어느 누구도 상관치 않을 상처였다. 나는 심지어 그가 상이군인 연금을 한푼도 만져보지 못했을 거라고 확신한다. 그는 프랑스 국적을 얻지 못했다. 그의 부상에 대해 그나마 언급하고 있는 기록은 단 하나, 말했다시피 그건 독일 강점기에 유대인 소탕에 쓰였던 경찰 파일이다.

5

1924년, 에른스트 브루더는 열여섯 살의 앳된 처녀 세실 부르데이와 쥘 조프랭 광장에 있는 18구 구청에서 결혼식을 올린다.

1924년 4월 12일 열한시 이십팔분, 에른스트 브루더와 세실 부르데이가 공식적으로 구청에 출두하였다. 에른스트 브루더, 기계공, 1899년 5월 21일 오스트리아 빈 출생, 이십사 세, 파리 바슐레 가 17번지 거주, 야콥 브루더와 아델 바시츠의 아들, 양친 사망. 세실 부르데이, 봉제사, 1907년 4월 17일 헝가리 부다페스트 출생, 십육 세, 파리 바슐레 가 17번지 거주, 에리첼 부르데이(재봉사)와 딘체 쿠티네아의 딸.

주 입회인으로 출석한 오스카 발드만(외판원, 라바 가 56번지)

와 시몽 시로타(재봉사, 퀴틴 가 20번지 거주)는 낭독한 서류에 위 부부와 더불어 우리 에티엔 아르델리와 파리 18구 구청에 덧붙여 서명한다. 신부의 어머니와 아버지는 서명할 줄 모름을 밝혀둔다.

세실 부르데이는 한 해 전부터 파리에 도착해 있었다. 그녀 부모와 네 명의 자매와 오빠와 함께. 러시아 출신의 유대인 가족, 아마 19세기 초엽에 헝가리 부다페스트에 정착한 듯싶다.

결혼할 당시 세실과 에른스트 브루더가 살던 바슐레 가는 몽마르트르 언덕 남쪽에 있는 아주 작은 거리이다. 그 거리 17번지는 호텔로, 군에서 돌아온 에른스트 브루더가 찾은 피신처였다. 나는 그가 그곳에서 사실을 알게 되었으리라 짐작해본다. 이 주소는 1964년에도 여전히 '카페 호텔'이었다. 그후로, 17번지와 15번지 건물이 있었던 부지에 건물이 들어선다. 그리고 그 건물은 15번지가 된다. 그렇게 하나의 번지수만 남게 된 것이다.

삶이 어렵기로는 1차대전 후 부다페스트도 빈과 다를 바 없었다. 서방으로의 탈주 또한 나날이 불가피했다. 세실의 가족은 프랑스 수도까지 좌초하듯 밀려와 라마르크 가(몽마르트르 뒤편)에 있는 유대인 구호소에 몸을 의탁했다. 여기 도착하여 채 한 달이 지나기도 전에 열네 살, 열두 살, 열 살배기 세 자매가 티푸스 열병으로 죽었다.

세실과 에른스트 부르더는 결혼식을 올린 그때부터 이미 세브랑에 살았을까. 혹은 파리의 여관방 같은 데 살았을까. 결혼 후 여러 해 동안, 도라가 태어난 이후에도, 그들은 셋방 호텔을 전전하는 신세였다.

그들은 자신이 떠난 뒷자리에 거의 흔적을 남기지 않는 사람들이다. 거의 이름도 없는 존재들. 내가 우연찮게도 그들 삶의 흔적을 발견하게 된 파리의 어떤 거리들이나 변두리의 풍경으로부터 그들은 드러나는 법이 없다. 그들에 대해 알려진 것이라고는 흔히 주소 한 줄에 그치고 말아, 이런 지리적 명료함은 그들 삶에서 영영 드러나지 않을 부분과 대조를 이룰 뿐이다. 어떤 백지 상태, 미지의 침묵하는 덩어리, 그들의 삶은 그렇다.

나는 세실과 에른스트 브루더의 조카딸을 찾아냈다. 우리는 전화로 얘기를 나누었다. 조카딸이 기억하는 것들은 어렸을 때의 추억으로 흐릿하면서도 세밀한 데가 있다. 삼촌의 선량함과 부드러움이 그녀 기억에 남아 있었다. 내가 앞서 기록한 브루더 가족사의 몇몇 디테일도 그녀가 말해준 것이다. 그녀는 또 이런 얘기를 들은 적이 있었다고 한다. 오르나노 대로의 셋방 호텔에 유숙하기 전에도 삼촌네 세 식구는 다른 호텔방에 살았었다. 북부 기차역 뒤켠으로 푸아소니에 길이 바라보이는 어느 곳이었다. 나는 지도를 펴놓고 길 이름을 하나하나 짚어가며 그녀에게 불러주었다. 아! 그래요, 폴롱소, 바로 그거였어요. 하지만 그녀는 세브랑이라든가 프랭빌, 웨스팅하우스 같은 이름은 전혀 들어본 적이 없었다고 한다.

사람들은 이런 얘기를 한다. 공간들이란, 아주 희미하게나마 거기 머물렀던 이들의 각인을 간직한다고. 각인이라…… 안으로 파이거나 바깥으로 돌출된 자국. 세실과 에른스트, 도라, 그들의 자국은 아무래도 움푹하다고 말해야 하겠지. 그들이 머물다 떠난 자리를 다시 찾을 때마다 나는 움푹 파인 상태로 남아 있는 부재와 공백의 각인을 느꼈다.

폴롱소 가에는 그 무렵 두 개의 호텔이 존재했다. 하나는 49번지, 루케트라는 사내가 운영했다. 낡은 전화번호부를 뒤적이다 보면 '호텔 술집' 이라는 항목 아래 그곳이 나온다. 다른 호텔은 32번지에 있었는데 샤를 캉파치라는 사내가 주인으로 되어 있다. 두 호텔은 모두 이름이 없었고 오늘날에는 모두 존재하지 않는다.

1968년 무렵에 나는 자주 대로변을 따라 공중으로 달리는 지하철 교량 아래까지 걸어가곤 했다. 나는 블랑슈 광장에서 출발

했다. 12월, 허술한 바라크 장터들이 길가 곳곳에서 공터를 점유하고 있었고 북부 기차역 뒤편의 샤펠 대로 쪽으로 다가가는 동안 조금씩 해가 기울었다. 나는 아직 도라 브루더와 그녀 가족에 대해 아무것도 알지 못했다. 라리부아지에르 병원 담벽을 따라 하염없이 걷다가 공중 철로 밑으로 들어서는 순간이면 나는 뭐라 말할 수 없는 기분에 휩싸이곤 했다. 도시의 가장 음침한 구역으로 침투하는 때처럼 묘한 기분, 어쩌면 그건 단순히 빛과 어둠의 조화였을 것이다. 클리시 대로에서의 너무 강렬한 빛과 끝도 없이 이어지는 시커먼 벽, 지하철 교량 밑으로 고여드는 그 어슴푸레한 어둠의 조화.

내 기억에 남아 있는 샤펠 구역의 모습은 늘 도망치듯 어떤 소실점을 향해 달리고 있다. 아마 근처에 있는 북부 기차역의 철로들과 쏜살같이 머리 위로 지나가는 지하철 차량의 굉음 때문에 그랬겠지만, 누구라도 거기선 오래 머물기가 불가능했을 것이다. 거긴 뭐랄까, 누구나 제 나름대로 떠나가는, 동서남북 어디로나 떠나가는 그런 교차로이다.

그래도 나는 그 구역의 학교들 주소를 적어놓았다. 혹 어느 기록에서 도라 브루더의 이름을 발견할 수도 있으니까, 이 학교들이 아직도 존재한다면 말이다.

유치원. 생뤽 가 3번지.

공립 여자 초등학교. 카베 가 11번지. 푸아소니에 가 43번지. 오랑 막다른 골목.

6

그리고 2차대전이 발발하기까지 포르트 드 클리냥쿠르에선 여러 해가 흘렀다. 그 시간의 흐름 속에서 그들이 어떤 삶을 꾸려갔는지 나는 모른다. 세실 브루더는 그때부터 이미 '모피 여직공'이었거나 '의류 제조직 유급 여공'으로 일했을까. 그녀 파일에는 어쨌든 그렇게 적혀 있었다. 그녀 조카딸의 얘기에 따르면 세실 숙모는, 아주 확실한 기억은 아니지만, 뤼소 가(클리냥쿠르 근처)의 어느 작업장에 고용되었던 것도 같다. 에른스트 브루더는 여전히 공장 인부였을까. 프랭빌의 웨스팅하우스 공장은 이미 떠났더라도 또다른 변두리 어느 곳에서, 아니면 그도 역시 파리의 어느 의류 공장에 자리를 얻었을까. 내가 읽은 강점기 파일에는 '상이군인 연금 100퍼센트. 프랑스 외인부대 이등병' 그리고 직업란에는 '무직'이라고 씌어 있었다.

그 시절을 말해주는 몇 장의 사진들이 있다. 가장 오래된 것으로는 그들의 결혼식 날, 조그만 원탁 같은 데에 팔을 기대고 앉아 있는 모습이다. 기다란 흰색 베일에 싸여 있는 그녀, 베일은 왼쪽 턱 언저리에서 한 번 묶인 후 땅바닥까지 흘러내린다. 그는 의례적인 예복 차림에 흰색 나비넥타이를 매고 있다. 그리고 딸 도라와 함께 찍은 사진이 있다. 나란히 앉은 그들 앞쪽에 서 있는 작은 도라, 겨우 두 살을 넘긴 듯 만 듯하다. 그리고 도라 혼자만의 사진, 어느 수상식에서 찍은 게 틀림없다. 그녀는 이제 열두 살가량 되어 보이고 흰색 원피스에 종아리까지 올라오는 흰 양말을 신었다. 오른손에 책 한 권이 들려 있고 머리에는 하얀 꽃장식처럼 보이는 작은 왕관이 둘려 있다. 그녀의 왼손은 기하학적 무늬의 검은 선들이 그려져 있는 커다란 흰색 상자곽의 가장자리에 놓여 있는데, 이 상자는 아마 그날 장식용으로 놓인 모양이다. 그리고 또다른 사진은 같은 장소, 같은 시기에, 아마도 같은 날짜에 찍은 듯, 타일이 깔린 바닥에 기하학적인 검은 선들이 그려진 커다란 흰색 상자곽이 다시 나타나고 그 위에 세실 브루더가 앉아 있다. 도라는 그녀 왼편에서 목깃이 달린 원피스 차림으로 한쪽 팔꿈치를 구부려 엄마 어깨에 올려놓는다. 도라와 세실 브루더가 함께 등장하는 또다른 사진 하나. 도라는 열두 살가량, 앞의 사진에서보다 짧은 머리, 아주 낡아 보이는 벽면 앞에 서 있다. 벽면은 거의 틀림없이 사진관의 배경 널빤지이고 두 모녀는 모두 흰 깃이 달린 검은 옷차림이다. 도라는 엄마 오른편 약간 앞쪽에 서 있다. 또다른 타원형의 사진, 도라는 좀 더 자라나 열셋이나 열네 살쯤 되었고 한결 긴 머리칼을 가지고 있다. 이 타원형 사진에서 브루더 가족은 일렬 종대로 서서 일제히 정면으로 고개를 돌리며 카메라 렌즈를 바라본다. 흰색 블라우스 차림의 도라와 세실, 재킷과 넥타이를 걸친 에른스트. 세실 브루더의 또다른 사진 하나는 어느 변두리의 집앞 골목인 듯, 앞편 왼쪽으로 수북한 담쟁이덩굴이 벽을 덮고 있다. 세 단짜리 시멘트 계단에 앉아 있는 세실, 밝은색 여름옷을 걸치고 있다. 그녀 뒤편으로 등을 돌린 어린애 실루엣이 보인다. 팔다리를 다 드러낸 채로 검정 뜨개옷, 혹은 수영옷을 입은 아이, 도라인가? 그리고 나무 울타리 너머로 출입문과 창문 한 개가 달려 있는 다른 집의 정면이 보인다. 대체 어딜까?

도라 혼자서 찍은 좀더 오래된 사진이 있다. 아홉이나 열 살쯤의 나이, 마치 무대에서처럼 햇살 한 줄기가 내려 비추는 지점에 그녀가 서 있고 주위는 어둠이다. 흰 블라우스와 흰 양말을 차려입은 도라, 왼쪽 팔을 구부려 자기 엉치뼈 부위를 짚고서 오른쪽 발로는 아마 큰 새장이거나 가축우리처럼 보이는 장소의 콘크리트 턱을 밟고 있다. 어둠 때문에 거기 갇혀 있는 짐승이나 새들은 알아볼 수가 없다. 사진을 채우고 있는 어둠과 빛살 얼룩은 어느 여름날의 것들이다.

7

클리낭쿠르 지구의 또다른 여름날들이 있었다. 그녀 부모는 어느 날 도라를 오르나노 43 극장으로 데리고 갔다. 길 하나만 건너면 되었다. 혹은 그녀 혼자 극장에 갔을지도 모른다. 어려서부터 도라는, 그녀 사촌의 말로는, 반항적이고 독자적인 기질에 다분히 방탕기를 지닌 아이였다. 아무래도 세 식구가 기거하기에 그 호텔 셋방은 너무 비좁았다.

꼬마 도라는 클리낭쿠르 공원에서 놀았을 것이다. 그 구역은 때때로 시골 마을 같은 곳이었다. 해가 떨어지면 이웃사람들은 길가 보도에 의자를 내놓고 앉아 자기들끼리 한담을 나누었다. 레모네이드를 마시러 우르르 동네 카페로 몰려가기도 했고 간혹 염소몰이 사내들도 나타났다. 그들이 진짜 염소몰이였는지 떠돌이 행상이었는지는 분명치 않지만, 아무튼 그 사내들은 몇 마리 염소를 끌고 나타나 큰 잔으로 가득한 염소젖을 열 푼에 팔았다. 염소젖 거품으로 사람들 입가에는 흰 수염이 그려지곤 했다.

포르트 드 클리냥쿠르에는 파리 시(市) 세관 건물과 길막이 방책이 서 있었다. 좌측으로 네 대로의 건물 더미가 보이고, 거기서부터 벼룩시장까지는 일종의 '바라크 구역'으로 가건물과 창고들, 아카시아 나무들, 낮은 집들이 뒤섞여 널려 있었는데, 이것들은 훗날 다 쓸려나갔다. 열네 살 소년이었 던 나에게 그 황무지 같은 풍경은 깊은 인상을 남겼다. 그후 겨울에 찍은 몇몇 사진에서나 그 풍경을 다시 만나볼 수 있었다. 드넓은 광장으로 버스가 지나간다. 트럭 한 대가 서 있다. 언제까지나 그 자리를 뜨지 않을 것처럼. 하얗게 눈 덮인 벌판 언저리에서 짐마차와 검은 말이 손님을 기다리고 저 멀리 뿌연 안개와도 같은 건물더미가 보인다.

시간 속에서 파괴된 것들, 그토록 여지없이 쓸려나간 것들 앞에서 밀려드는 공허를 나는 그 구역에서 처음으로 느꼈다. 아직 도라 브루더의 존재조차도 알지 못하던 시절이었다. 그녀는 아마, 아니 확실히 그 일대를 배회하고 있었겠지. 은밀한 만남들, 잃어버린 가련한 행복을 내게 떠올려주는 그 모호한 지대에서 그녀는 떠돌고 있었다. 아직 시골스러운 정취가 남아 있던 그곳의 길들은 이런 이름을 달고 있었다. 우물길, 지하철 길, 플라타너스 길, 개들이 짖는 막다른 길.

8

1940년 5월 9일, 도라 브루더, 14세, 마리아 성심(聖心) 기숙학교에 등록되다. 파리 12구 픽퓌스 가 60, 62, 64번지에 위치한, 자선 기독교회 수녀단이 운영하는 이 기숙학교의 기록에는 다음과 같이 씌어 있다.

성명 : 브루더, 도라

출생 날짜와 장소 : 1926년 2월 25일, 파리 12구에서 에른스트와 세실 브루데이 사이에 태어남

가족상황 : 적자(嫡子)

입교 날짜와 조건 : 1940년 5월 9일, 완전 숙식

출교 날짜와 이유 : 1941년 12월 14일, 도주

무슨 이유로 그녀 부모는 도라를 기숙사에 넣었을까. 세 사람은 필시 오르나노 호텔방에서 함께 살기가 어려워진 것이리라. 오스트리아는 1938년부터 독일 제국 '라이히'의 일부로 병합되어 이미 존재하지 않는 국가였기 때문에, 세실과 에른스트 브루더는 이른바 '라이히 출신'이자 '과거 오스트리아인'이라는 신분 때문에 프랑스 정부에 의해 조만간 억류조치를 당할지 모른다는 위협을 느끼지 않았을까.

실제로 1939년 가을, '라이히 출신'과 '과거 오스트리아인'에 해당하는 남자들은 일단 한 차례 '집결촌'으로 보내졌었다. 그들을 두 부류로 나뉘었다. 나치 혐의자와 비혐의자. 비혐의자 부류는 파리 북서쪽 근교에 있는 이브 뒤 마누아르 경기장으로 집결되었고 얼마 후 12월에는 '외국인 부역자' 그룹에 합류되었다. 에른스트 브루더는 이 외국인 부역자 그룹에 속했을까.

1940년 5월 13일, 도라가 마리아 성심 기숙사에 들어온 지 나흘째 되는 날, 이번에는 여자들 차례였다. 라이히 출신과 과거 오스트리아인 여자들은 동계 자전거 경주장으로 소환되어 13일간 억류당했다. 독일군이 파리를 향해 밀려오자, 그녀들은 피레네 지방의 귀르스 수용소로 이송되었다. 세실 브루더도 그 소환장을 받았을까.

이렇게 당신은 분류된다. 도대체가 어디서 듣도보도 못한 기이한 부류, 당신 존재에 걸맞지도 않은 그런 부류로 말이다. 누군가 당신을 소환한다. 당신을 억류한다. 왜? 당신은 진정 알고 싶을 것이다.

나는 또 어떤 우연으로 도라의 부모가 12구의 마리아 성심 기숙사의 존재를 알게 되었는지도 궁금하다. 누가 도라를 거기에 넣으라고 그들에게 충고했을까.

열네 살이면 벌써부터 독자적인 그녀 기질은 충분히 행동으로 드러났을 것이다. 그녀 사촌이 지적한 그 반항적 기질도 물론 발휘되었을 터, 부모는 도라에게 교육이 필요하다고 판단했을 것이다. 이 유대인 부부는 기독교 학교를 선택했다. 하지만 부모 자신은 신앙생활을 했을까. 그들에게 선택의 여지가 있었을까. 마리아 성심 기숙사의 학생은 보잘것없는 밑바닥 출신의 여자애들이었다. 도라가 기숙하던 시절에 원장 수녀의 신상기록에는 이런 글이 남아 있다. '흔히 가정을 빼앗긴 아이들이나 사회의 문제아들, 그리스도께서는 늘 각별한 사랑을 이들에게 베푸셨나니.' 그리고 자선 기독교회 수녀들에게 배포되었던 소책자는 이런 구절을 담고 있다. '마리아 성심 재단은 자본의 혜택을 누리지 못한 가정의 아이들과 소녀들에게 특별히 봉사하는 소명을

받았다.'

교육과정은 살림살이 요령과 바느질 같은 것만이 아니었다. 자선 기독교회 수녀단은 그 본원적 뿌리를 노르망디의 유서 깊은 생소뵈르 르 비콩트 수도원에 두고 있는 단체로서 일찍이 1852년부터 픽퓌스 가에 마리아 성심 재단을 열었다. 이 초창기 시절부터 그곳은 벌써 일흔다섯 명의 수녀들이 오백 명 노동계층 소녀들을 가르치는 직업적인 기숙학교였다.

1940년 6월, 역사적인 패주(敗走)의 시기에 기숙생들과 수녀들은 파리를 떠나 멘 에 루아르 강 하류 지역으로 피신했다. 도라도 그들 속에 끼어 초만원 기차를 탔을 것이다. 아직 오르세 역이나 오스테를리츠 역에서 마지막 기차를 잡아탈 수는 있었다. 그들은 긴긴 피난민 행렬에 동참하여 루아르 지방으로 내려갔다.

7월에는 다시 파리로 돌아와 기숙사 생활. 나는 기숙생들이 어떤 제복을 입었는지는 모르겠다. 그냥 1941년 12월의 실종 기사에 기재된 그 옷차림, 자주색 스웨터와 감청색 치마, 밤색 운동화였을까? 그 위에다가 작업복 같은 것을 걸쳤을까? 그들의 하루 일과는 나로서도 대략 추측이 가능하다. 새벽 여섯시 기상. 예배당. 수업실. 식당. 수업실. 안뜰에서 휴식. 식당. 수업실. 예배당. 공동 침실. 그리고 주 일 회 일요일의 외출. 이런 담벽 안의 삶은 그리스도께서 늘 각별한 사랑을 베푸셨던 소녀들에게 가혹한 것이었으리라.

누군가에게 들은 얘기로, 픽퓌스 거리의 자선 기독교회 수녀들은 매년 베티지 마을에 여름학교를 열었다고 한다. 그곳은 생마르탱 베티지였나, 혹은 생피에르 베티지였나? 두 마을은 모두 발루아 지방의 상리스 군에 위치한다. 도라는 아마 거기서 친구들과 1941년 여름의 며칠을 보냈을 것이다.

마리아 성심 기숙사 건물은 오늘날 존재하지 않는다. 그 자리에는 한때 기독교회 수녀 재단이 꽤 널찍한 땅을 차지하고 있었음을 짐작케 하는 새 건물 단지가 들어섰다. 나는 사라진 기숙사의 사진도 구하지 못했다. 옛날 파리 지도에는 '경건한 배움의 집'이라고 그 자리에 씌어 있고, 건물배치를 보여주는 네 개의 조그만 사각형과 예배당 표시인 작은 십자가가 그려져 있을 뿐이다. 땅의 윤곽은 폭이 좁고 길다란 띠 모양으로 픽퓌스 가에서 뢰이 가까지 한 블록에 걸쳐 있다.

지도에서 보면 기숙사 정면의 픽퓌스 가 건너편에서 성모 수도회, 성체흠숭 부인회, 오라토리오 수도회 등이 잇따라 눈에 들어온다. 오라토리오 수도회의 공동묘지는 대혁명 시기에, 공포 정치의 마지막 몇 달간 기요틴에서 목이 잘린 천 구도 넘는 시체들이 하나의 구덩이에 매장되었다는 곳이다. 기숙사 옆으로는 거의 이웃해 있는 성 클로틸드 부인회의 넓은 땅이 보이고, 그 다음에는 디아코네스(자선 봉사를 하는 여신도들) 부인회가 나온다. 나는 열여덟 살 무렵의 어느 날 여기서 치료를 받은 적이 있다. 디아코네스 정원이 아직도 눈에 생생하다. 그때는 여기가 여성 재교육에 봉사하는 기관이라는 사실을 몰랐었다. 하기야 마리아 성심 재단도 그렇고 선한 목자의 집도 그렇지만, 한번 들어가면 언제 다시 그 감금의 벽을 벗어나게 될는지 알 수 없는 장소들은 확실히 묘한 이름을 달고 있었다. 앙제의 선한 목자의 집, 다르느탈의 갱생원, 리모주의 성 막달라 안식원, 나자렛 고독 산장.

고독.

기숙사 옛터인 픽퓌스 가 60, 62, 64번지는 길이 끝나는 모퉁이에 자리했다. 이 모퉁이를 돌아서면 가르 드 뢰이 가인데, 도라가 머물던 시절에 이 길의 모습은 아직 촌구석에 가까웠다. 나무 그늘이 드리워진 높다란 기숙사 담벽이 홀수 번지 쪽으로 길 한편을 다 차지하고 있었다.

도라가 거의 일 년 반의 시간을 보내며 날마다 보았을 기숙사 안의 장소들에 대한 정보는 극히 빈약하여, 기껏해야 이런 것들이다. 가르 드 뢰이 가와 접해 있는 높은 담벽 안에는 정원 숲이 펼쳐 있었다. 이 정원과 안뜰 사이에 기숙사 건물들이 자리했을 것이다. 안뜰에는 동굴 모양으로 꾸며놓은 바위들 아래, 조그만 지하묘지가 있었다. 마리아 성심 재단의 후원자인 마드르 가문의 묘지였다. 그곳은 '루르드의 동굴' 이라 불렸다.

도라는 거기서 여러 친구를 사귀었을까, 아니면 다른 애들과 떨어져 늘 혼자였을까, 나는 알 수가 없다. 그녀의 옛 동료인 누군가로부터 그때의 증언을 들어보지 않는 한, 내 말들은 추측에 불과하다. 오늘날 파리 시내와 변두리 어딘가에는 먼 과거의 기숙사 교실과 공동 침실에서 옷깃을 스쳤던 한 친구를 기억하는 대략 일흔 살가량의 여인이 한두 명쯤은 살아 있으리라. 친구 이름은 도라, 15세, 1미터 55센티미터, 갸름한 얼굴, 회갈색 눈, 회색 산책용 외투, 자주색 스웨터, 감청색 치마와 모자, 밤색 운동화.

이 글을 쓰면서 나는 등대불 신호처럼 호소를 띄운다. 불행히도 이 신호가 검은 밤을 밝혀줄 수 있을까는 의문이지만, 그래도 희망을 버리지는 않겠다.

당시 기숙학교의 원장 수녀는 마리아 세레 요한 대모님이라 불렸다. 그녀의 신상 기록에는 1903년 출생으로 되어 있다. 풋내기 수녀의 수련기간을 마친 뒤 그녀는 파리의 마리아 성심 배움의 집으로 배속되었고, 여기서 1929년부터 1946년까지 열일곱 해를 머물렀다. 도라 브루더가 기숙생이었을 때 그녀는 막 마흔을 바라보는 나이였다.

대모님은 '독자적이고 너그러우며 강한 개성'의 소유자로 기록되어 있다. 그녀는 1985년에, 그러니까 내가 도라의 존재를 알기 삼 년 전에 세상을 떠났다. 그녀는 틀림없이 도라를 기억했을 것이다. 도라 브루더의 도주 행각 때문에라도 그녀는 기억했으리라. 하지만 나는 결국 그녀로부터 뭘 알아낼 수 있었을까. 몇 가지 디테일, 소소한 몇몇 일상사들? 그녀가 아무리 너그러운 품성을 지녔다 한들 도라의 머릿속에서 무슨 일이 벌어지고 있는가를 투시할 만한 재간은 없었을 테니까. 도라는 기숙생의 삶을 어떻게 견뎠을까, 매일 아침, 매일 저녁, 예배당과 정원 담벽과 안뜰의 가짜 바위들, 공동 침실의 가지런한 침상들을 바라볼 때마다 도라는 뭘 느꼈을까, 단연코 대모님은 알 수가 없었다.

나는 그 기숙학교를 알고 있는 한 여자를 만났다. 그녀는

1942년 도라 브루더가 도망치고 난 얼마 뒤 그곳에 들어갔다. 그녀는 도라보다 훨씬 어렸다. 열 살가량의 소녀, 그녀에게 마리아 성심 기숙사의 기억은 거의 유아기의 기억일 뿐이었다. 그녀는 폴란드 출신의 유대인 어머니와 '황금 물방울' 구역(북부 기차역 뒤편의 이민자 구역) 샤르트르 길에서 단둘이 살았다. 한때 도라의 가족이 살았던 폴롱소 가에서 몇 발만 옮기면 되는 곳이었다. 어머니는 굶어 죽지 않으려고 베르마흐트(독일 군대)에 납품되는 벙어리장갑을 만드는 공장의 야간 작업반에서 일했다. 딸애는 근처의 장 프랑수아 레핀 가에 있는 학교에 다녔다. 1942년이 기울어갈 무렵, 학교 여선생은 어머니에게 유대인 소탕이 날로 험악해지는 기세이니 딸애를 어딘가로 몰래 숨기라고 충고했다. 어머니에게 마리아 성심 기숙사의 주소를 알려준 사람은 그 여선생일 것이다.

어린 소녀는 인종적인 출신성분이 드러나지 않게 쉬잔 알베르라는 이름으로 기숙사에 등록되었다. 그러나 오래지 않아 그녀는 병이 들어 간호실로 보내졌다. 거기에는 의사가 한 명 있었다. 얼마간 시간이 흐른 뒤에도 그녀가 계속 음식 삼키기를 거부하자 그곳에서는 더이상 그녀를 보살펴주려 하지 않았다.

그녀는 이렇게 회상한다. 거기선 모든 게 검은색이었다. 벽들도, 교실도, 간호실도, 오로지 수녀들의 머리를 덮은 두건만이 하였다. 학교라기보다 차라리 고아원 같았다. 강철 같은 냉혹한 규율이 존재했고 난방장치는 없었다. 허구한 날 노란 순무 뿌리 같은 것만 먹으면서 여섯시 정각에는 어김없이 기도를 올렸다. 나는 그게 아침 여섯시인지 저녁 여섯시인지 그녀에게 물어본다는 걸 그만 잊어버렸다.

9

도라의 1940년 여름은 픽퓌스 가의 기숙사에서 지나갔다. 일요일에는 아직 오르나노 대로 41번지에 살고 있는 부모를 보러 갔을 것이다. 나는 지하철 지도를 들여다보면서 그녀가 어떤 길을 따라 갔을까 상상해본다. 너무 여러 번 차를 바꿔 타지 않으려면 기숙사에서 조금 걸어야 하는 나시옹 역에서 지하철을 타는 것이 제일 간단하다. 센 강 북쪽을 동서로 가로질러 세브르 다리까지 달리는 노선. 그녀는 스트라스부르 생드니 역에서 클리냥쿠르 방향으로 한 번 갈아탔다. 그리고 생플롱 역에서 내렸다. 역에서 나오면 바로 길 건너에 오르나노 43 극장과 셋방 호텔이 보였다.

이십 년 후, 나는 종종 생플롱 역에서 지하철을 탔다. 언제나 밤 열시경이었다. 이 시각에 역의 승강구는 황량했고 열차는 뜸한 간격으로 한 대씩 왔다.

일요일 오후가 끝나가는 시각, 돌아오는 길에도 그녀는 같은 코스를 따랐을 것이다. 부모는 그녀를 데려다주었을까. 나시옹 역에 내리면 조금 걸어야 했다. 가장 빠른 지름길은 파브르 데글랑틴 가를 통과하여 픽퓌스 가 허리로 꺾어드는 거다.

마치 감옥으로 돌아오는 탕아처럼 그녀는 돌아왔다. 해는 점점 짧아지고 있었다. 죽은 후원자 가족을 기념하는 가짜 바위들 앞을 지날 때는 이미 밤이었다. 현관 층계 위에 전구가 하나 켜 있었고 그녀는 복도를 따라 예배실로 갔다. 일요일 밤의 성체강복식을 위하여. 그러고는 모두 한 줄로 서서, 조용히, 잠자는 방으로 올라갔다.

10

가을이 왔다. 파리의 1940년 10월 2일자 신문들은 일제히 한 가지 법령을 보도했다. 법령에 따르면, 유대인들은 관할 경찰서에 출두하여 인구조사에 임해야 했다. 한 집안의 가장이 가족을 대신하여 신고하는 것은 유효하며, 경찰서 문앞에서 너무 오래 기다리지 않도록 해당자들은 각자 성씨의 첫 글자에 따라, 아래 표에 지시된 날짜에 출두하기 바란다는 내용이었다.

B자는 10월 4일이었다. 그날 에른스트 브루더는 클리냥쿠르 구역 경찰서로 가서 신고용지를 적어내면서, 딸 도라는 빼놓고 신고하지 않았다. 신고한 자들 각각에게는 등록번호가 주어졌다. 차후로 각자의 신상 파일에 오르게 될 이 번호는 '유대인 서류번호'라 불렸다.

에른스트와 세실 브루더는 유대인 서류번호 49091을 갖게 되었다. 도라에게는 아무 번호가 없었다.

에른스트는 딸 도라의 존재에 대해 아마도 이렇게 생각했던 것 같다. 그애는 지금 안전한 곳에 있다. 일종의 면책지대, 마리아 성심 기숙사에 있으니까, 구태여 주의를 끌게 할 필요는 없는 거야. 더군다나 도라는 이제 열네 살, 그런 철부지에게 유대인 딱지라는 것은 정말이지 아무 의미도 없어. 하지만 '유대인'이라는 단어는 정확히 뭘 의미했던가? 에른스트 브루더, 그는 애당초 이런 물음을 제기해본 적도 없었다. 행정기관이 이런저런 부류 속으로 그를 던져넣는 데에 길들여졌고 묵묵히 그걸 받아들였을 뿐이다. 노동자. 과거 오스트리아인. 프랑스 외인부대 이등병. 비협의자. 상이군인 연금 백 퍼센트. 외국인 부역자. 유대인. 그리고 아내 세실도 그랬다. 과거 오스트리아인. 비협의자. 모피 여직공. 유대인. 오로지 도라 혼자만이 그 모든 분류들과 서류번호 49091로부터 빠져나갔다.

누가 알겠는가, 마지막까지 그녀가 거기서 빠져나갈 수 있었을지…… 일단은 기숙사의 검은 담벽 안에 머물면서 조용히 그것과 같은 색을 띠도록 섞여드는 것으로 충분했다. 눈에 띄지 않게, 조심조심, 틀에 박힌 낮과 밤의 리듬을 좇아가기만 하면 되었다. 공동 침실. 예배당. 식당. 안뜰. 수업실. 예배당. 공동 침실.

우연히도—하지만 그건 진정 우연이었을까—마리아 성심 기숙사는 도라가 태어난 곳에서 불과 몇십 미터의 거리에 있었다. 자신도 모르는 어떤 우연으로 그녀가 다시 돌아온 그곳은 기숙사 정문에서 길 하나 건너였다. 상테르 가 15번지. 로스차일드 병원 산부인과. 상테르 가는 기숙사 측면 담벽에 접해 있는 가르 드 뢰이 가와 직선으로 이어진다.

적막한 나무 그늘의 거리. 스물다섯 해 전의 어느 날, 나는 종일토록 그곳을 거닐었다. 1971년 6월이었고 길 모습은 아직 변하지 않았었다. 간간이 퍼부어대는 여름 소나기 때문에 나는 아무 현관 밑으로나 피신해야 했다. 그날 오후, 까닭 없이 누군가의 흔적 위를 걷고 있다는 생각이 들었다.

1942년 여름부터 마리아 성심 기숙사 주변은 끔찍한 위험 구역으로 변해갔다. 유대인 검거사태는 이 년간 쉴새없이 이어졌다. 로스차일드 병원, 로스차일드 고아원, 도라의 출생 신고자 가스파르 메예르가 고용 입주되었던 픽퓌스 가 76번지의 빈민 구호소, 어디서나 그들은 잡혀갔다. 로스차일드 병원은 아예 유대인을 잡기 위한 쥐덫과도 같았다. 드랑시 수용소*에서 각종

* 파리 북동쪽 근교의 대규모 집단수용소. 프랑스 각지에서 체포된 유대인들은 대개 여기를 거쳐 독일의 '몰살 수용소'로 떠나갔다.

환자들이 이 병원으로 이송되었다가 얼마 후에는 다시 수용소로 돌려보내지곤 했는데, 그건 말할 것도 없이 로스차일드 병원을 감시하는 독일 군인들의 뜻에 따라 움직여지는 것이었고 민간 경찰대 '파라릭'의 요원들이 그들을 돕고 있었다. 어린애들, 도라 나이의 십대들도 잡혀갔다. 무더기로 잡혀갔다. 랑블라르디가—기숙사 우측 첫번째 길—에 위치한 로스차일드 고아원에 피신해 있던 아이들이었다. 기숙사 담벽을 바라보는 가르 드 뢰이 가 48-2번지에서도 아홉 명의 소년 소녀들과 그 가족이 한꺼번에 잡혀갔다. 아이들은 도라 정도의 나이였고 몇몇은 더 어렸다. 물론 이 불안한 구역에서 유일하게 보호받는 은둔의 구덩이가 있었다. 마리아 성심 기숙사의 정원과 안뜰, 그러나 절대로 여길 벗어나지 말아야 한다는 조건이 붙었다. 야간 통금령이 내려진 날, 소등 시각이 다가오면 더욱 어둠에 잠겨드는 그 검은 벽들의 그림자 밑에 자신의 존재를 묻고서 죽은 듯 잊혀져야 했다.

나는 이 글을 1996년 11월에 쓰고 있다. 낮에는 자주 비가 내린다. 내일이면 12월, 도라가 기숙사에서 도망친 후로 쉰다섯 해가 흘러간 셈이다. 밤이 일찍 오는 건 차라리 좋은 일이다. 밤은 비 내리는 하루의 회색빛 단조로움을 쓸어내준다. 이게 정말

낮인가, 서글픈 일식(日蝕)과도 같은 어떤 중간 상태를 통과하는 게 아닌가, 하고 묻게 되는 이 미심쩍은 낮들은 오후가 끝날 때까지 지속되곤 한다. 밤이 오면 가로등과 상점 유리창, 카페들에 불이 켜지고 대기는 한결 생동한다. 사물들의 윤곽도 한결 뚜렷해진다. 신호등에는 차들이 밀려들고 거리마다 알 수 없이 바쁜 사람들로 북적거린다. 이 모든 불빛과 소요 가운데 출렁이다 보면 나는 거의 믿을 수가 없다. 여기가 그곳인가, 도라 브루더와 그녀 부모가 살았고 또 나의 아버지가 지금 내 나이보다 스무 살쯤 젊었을 때 살았던 바로 그 도시란 말인가. 마치 내가 먼 어제의 파리와 오늘의 파리를 이어주는 유일한 연결끈이라도 되는 양, 그 모든 삶의 편린들을 홀로 기억하는 듯한 느낌에 빠져든다. 때때로 끈은 가늘어져 거의 끊겨버릴 지경이다. 숱한 저녁들, 어제의 도시는 오늘의 그것 너머로 슬쩍 비쳤다 사라지는 음영으로 내게 나타날 뿐이다.

『레미제라블』 5권과 6권을 다시 읽었다. 빅토르 위고는 거기서 코제트와 장발장이 어느 야밤의 파리에서 벌이는 도주 행각을 그리고 있다. 자베르 경감에게 쫓기는 그들은 바리케이드가 쳐진 생자크 구역에서 '작은 픽퓌스' 구역까지 달아나고, 나는 그 도주로의 일부를 지도에서 따라가본다. 그들은 센 강을 향해 달린다. 코제트가 지치기 시작한다. 장발장은 그녀를 두 팔로 부둥켜안고 달린다. 그들은 자르댕 데 플랑트(식물원) 담벽을 끼고 어두운 골목들을 달려서 센 강변에 도달한다. 오스테를리츠 다리를 건넌다. 북쪽 기슭에 겨우 닿았을 때 다리 위에는 벌써 추적의 그림자들이 밀려들고 있다. 장발장은 생각한다. 저들로부터 빠져나갈 방법은 이제 하나, 그래, 성 앙투안 초록길로 가자!

불현듯 나는 짧은 현기증을 느낀다. 코제트와 장발장은 뭐랄까, 추적의 무리를 따돌리려고 마치 아무것도 없는 진공 속으로 떨어지는 것 같다. 다리를 건널 때까지 그들은 실제로 존재하는 파리의 진짜 길들을 달렸다. 그러곤 느닷없이 상상의 파리 속으로, 빅토르 위고가 '작은 픽퓌스' 라고 이름 붙인 그 환상적인 구역으로 달려들어간다. 야릇하고 낯선 느낌, 꿈속에서 어딘지 모를 곳을 돌아다닐 때 누구나 그 비슷한 느낌에 사로잡힌다. 그러다 깨어나면 차츰 깨닫게 된다. 그 낯선 곳이란 날마다 우리에게 친숙한 장소들로부터 요모조모 베낀 작품이라는 것을.

요컨대, 나를 흥분시키는 부분은 이런 거다. 코제트와 장발장은 야반도주의 막바지에 이르러, 빅토르 위고가 꾸며낸 그 상상 구역의 어디쯤에서 순찰중이던 경관의 눈을 아슬아슬하게 피해 한 담벽 너머로 숨어든다. 그 안은 정원이다. '아주 널따랗고 괴이한 모습의 정원, 밤중이나 겨울철에 바라보라고 생겨난 듯한 슬픈 정원들 중의 하나.' 거기는 다름 아닌 수녀원의 정원으로 이제 두 사람의 은신처가 될 곳인데, 빅토르 위고에 따르면 정확히 '작은 픽퓌스 가 62번지'에 위치해 있다. 도라가 살았던 마리아 성심 기숙사의 주소와 같다. 빅토르 위고는 이렇게 쓰고 있다.

> 이 사건이 진행되고 있을 당시, 수녀원에는 학생 기숙사가 딸려 있었고 (…) 소녀들은 (…) 푸른 옷차림에 납작한 흰색 모자를 쓰고 있었다. (…) 이 작은 픽퓌스의 성벽 안에는 완전히 구별되는 세 개의 건물이 있었으니, 세속을 떠난 여인들이 기거하는 큰 수녀원과 학생들이 머무는 기숙사, 그리고 '작은 수녀원'이라 불리던 건물이 그것들이다.

이어서 각 장소들에 대한 꼼꼼한 묘사가 나오고, 다음과 같은 문구가 등장한다.

> 본 작가는 이 세간에 알려지지 않은 신비롭고도 비범한 가옥 앞을 지날 때마다 그 안으로 들어가보지 않을 수 없었으며 또 본인과 함께하는 고매한 여러분을, 아마도 얼마간의 유익함이 담겨 있을 이 장발장의 애달픈 이야기를 들어주시는 독자 여러분을 그 안으로 초대하지 않을 수가 없었다.

예전부터 많은 사람들이 그랬던 것처럼 나는 우연의 일치라는 걸 믿는다. 간혹은 소설가들에게 어떤 타고난 투시력이 존재한다는 것도 믿는다. '타고난 능력'이라는 말은 사실 딱 들어맞는 표현은 아니다. 모종의 우월성을 암시하므로. 내가 말하려는 건 전혀 그런 게 아니라, 그저 생업의 일부를 이루는 무엇이다. 가령 글쓰기에 필요한 상상적 내구력이라든가, 두서없이 무사태평스레 흘러가지 않도록 몇몇 디테일에 바짝 정신을 붙잡아 매두려는 욕구, 가히 강박적이라 할 만한 그런 욕구 말이다. 지속적인 긴장 상태와 두뇌운동은 결과적으로, 라루스 사전의 '투시력' 항목에 써 있듯이 '과거 혹은 미래의 사건들에 대한' 짧은 통찰력을 유발시킬 수 있다.

1988년 12월, 해묵은 〈파리 수아르〉 신문에서 도라 브루더의 실종기사를 읽은 후로 나는 끊임없이 그것에 대해 생각했다. 여러 달이 흘러갔다. 세밀한 몇 가지 디테일은 내 머리를 떠나지 않았다. 오르나노 대로 41번지, 1미터 55센티미터, 갸름한 얼굴, 회갈색 눈, 회색 산책용 외투, 자주색 스웨터, 감청색 치마와 모자, 밤색 운동화. 그리고 주위에는 온통 밤, 침묵, 망각, 무(無). 나는 도라 브루더의 어떤 흔적도, 아주 미미한 흔적조차도 다시 찾아내지 못할 것만 같았다. 그 무렵에 내가 빠져들었던 결핍 상태는 나를 부추겨 소설 한 편을 쓰게 했다. 『신혼여행』이 그것인데, 소설 쓰기는 내 정신을 지속적으로 도라 브루더에게 붙잡아두기 위한 일종의 방편이었다. 그녀가 지나간 곳, 그녀 삶의 작은 편린, 그녀 존재의 뭔가를 밝혀내거나 혹은 투시하기 위한 방편이라고, 나는 혼자 그렇게 되뇌며 글을 썼다. 그녀 부모에 대해서도 나는 아는 게 없었고 어떤 상황에서 그녀가 도주를 감행했는지도 알지 못했다. 그 무렵 내가 찾아낸 유일한 단서는 이거였다. 그녀 이름, 브루더 도라—다른 언급은 없다. 생일도 출생지도 없다—바로 밑에는 그녀 아버지의 이름, 브루더 에른스트, 99. 5. 21. 빈. 무국적자. 이 기록은 1942년 9월 18일 아우슈비츠로 떠나간 열차의 탑승자 명단이었다.

『신혼여행』을 쓰면서 나는 1960년대에 알았던 두 여자를 떠올리곤 했다. 안 B. 벨라 D.…… 도라와 같은 나이였고, 한 여자는 도라와 한 달 차이로 태어났으며, 나치 강점기에는 모두 도라와 같은 상황에 처했을 뿐만 아니라 자칫하면 같은 운명을 맞을 수도 있었다. 그녀들은 아마도 도라와 닮았겠지. 가만 돌이켜보면 나는 그 소설 이백 쪽을 써내려가는 동안에 사라진 현실의 어렴풋한 반영 한 자락을 포착했다는 생각이 든다. 무의식적으로, 예컨대 이런 몇 줄에서.

지하철 열차는 나시옹 역에 멈췄다. 리고와 잉그리드는 바스티유 역을 그냥 지나쳐버렸는데, 포르트 도레로 가는 열차로 바꿔 타려면 거기서 내려야 했었다. 나시옹 역을 빠져나오자 그들 주위는 넓은 눈밭이었다. (…) 썰매는 좁은 길들을 질러서 술트 대로를 향해 미끄러졌다.

썰매가 질러 달린 그 좁은 길들은 마리아 성심 기숙사와 픽퓌스 가에서 가깝다. 12월의 어느 저녁, 아마 틀림없이 파리의 거리들에 눈이 내려 쌓이는 저녁에 도라는 거기서 도망치지 않았을까.

그렇게 소설 속에서 유일하게 한 순간, 나는 도라에게 가까이 접근했다. 공간과 시간 속에서 나도 모르는 사이에 아주 가까이.

11

1941년 12월 14일, 도주.

도라 브루더의 '출교 날짜와 이유'는 기숙학교 기록에 그렇게 남았다. 그날은 일요일이었다. 외출하는 날, 그녀는 오르나노 거리의 부모를 보러 갔을 것이다. 그리고 저녁 때 기숙사로 돌아오지 않았다.

그해의 마지막 달은 히틀러 군대가 파리에 진주한 이래로 가장 암울하고 숨막히는 시기였다. 독일군은 두 차례의 반(反)나치 테러 행위에 대한 보복조치로, 12월 8일부터 14일까지 저녁 6시 이후 야간 통금령을 발포했다. 그리고 12월 12일 하루 사이에 칠백 명의 프랑스계 유대인을 잡아들였다. 15일에는 십억 프랑의 벌칙금을 유대 민족에게 부과했고 같은 날 아침, 파리 서쪽의 발레리앵 산(山)에서 포로 칠십 명의 총살극을 단행했다. 12월 10일에는 경찰청장의 '주기적 단속' 령이 떨어졌다. 센 지역* 의 유대인들은 이제 외국인이건 프랑스인이건, 아무 때라도 '주기적 단속' 에 걸려들면 유대인 도장이 찍힌 신분증을 제시해야만 그날을 무사히 넘길 수 있었다. 거주지를 옮기는 경우는 이십사 시간 내로 경찰서에 알려야 했고 센 지역을 벗어나는 행위는 일체 금지되었다.

파리 18구는 아예 12월의 첫날부터 야간 통금령이 내려진 상태였다. 저녁 여섯시 넘어로는 누구도 그곳에 들어갈 수 없었다. 구역 경계 안의 지하철 역들은 폐쇄되었다. 세실과 에른스트 브루더가 살고 있는 거리의 생플롱 역도 그중 하나였다. 그들의 셋방 호텔과 인접해 있는 샹피오네 가에서 폭탄 테러 한 건이 발생했던 것이다.

18구의 야간 통금은 사흘간 지속되었다. 막 이것이 해제되려는 참에 또다른 통금령이 10구 전역에 떨어졌다. 마젠타 대로에서 점령 당국의 장교 한 명이 정체 모를 자들로부터 권총세례를 받았기 때문이다. 곧이어 8일, 파리 전체가 통행 금지되었다. 도

* 옛 행정 지역명. 현재의 파리와 네 개의 도(道)를 포함하는 수도권 지역에 해당한다.

라 브루더가 도주를 감행한 14일 일요일까지.

마리아 성심 기숙사를 에워싼 이 도시는 구역들이 하나하나 불이 꺼지면서 컴컴한 감옥으로 변했다. 도라가 픽퓌스 가의 높은 담벽 안에 갇혀 있는 시각에 그녀 부모는 오르나노 호텔방에 감금되었다.

그녀 아버지는 1940년 10월에 딸 도라를 유대인으로 신고하지 않았었다. 도라는 '서류번호'에서 누락되었다. 한데 올해 12월 10일자로 경찰청에서 공표한 유대인 단속에 관한 법령은 '가족 상황에서 발생한 모든 변화는 응당 신고되어야 한다'고 명시하고 있었다. 아버지는 딸이 도망치기 전에 그녀의 이름을 유대인 서류에 써넣으러 갈 만한 시간과 욕구를 갖게 되었을까. 나로선 의심스럽다. 마리아 성심 기숙사에 숨어 있는 딸의 존재를 경찰에선 결코 눈치채지 못할 거라고 그는 굳게 믿었을 것이다.

무엇이 우리를 도망치게 하나? 나는 도라만 한 나이에 가출해 본 경험이 있다. 1960년 1월 18일, 그러니까 1941년 12월만큼 암울한 시기는 아닌데도 빌라쿠블레(파리 근교의 군용 비행장)의 격납고들이 죽 늘어서 있는 그 길로 나는 달아났다. 그 길에서 유일하게 도라와 나를 이어주는 요소가 있었다면 그건 바로 계절, 겨울이었다. 평온하고 일상의 틀에 박힌 겨울, 십팔 년 전 그녀가 겪은 겨울에는 비할 수도 없으리만치 평범한 겨울, 하지만 느닷없이 그런 충동이 일어나는 때는 춥고 회색빛 도는 평범한 겨울날이다. 그런 날 고독은 왠지 더 극성스럽고, 뭔가 형틀 같은 것이 자꾸만 더 세게 우리를 죄어온다.

12월 14일 일요일에는 한 주내 도시를 옥죄었던 야간 통금령이 슬슬 효력을 잃어가는 참이었다. 저녁 여섯시가 넘어서도 사람들은 거리를 돌아다닐 수 있었다. 하지만 독일식 시간 때문에 오후녘이면 벌써 밤이었다.

어느 시각쯤에 수녀들은 도라 브루더가 사라진 걸 알았을까. 저녁 때, 물론이다. 예배실에서 성체강복 미사를 마친 뒤 기숙생들이 줄지어 공동 침실로 올라갈 때쯤이 아닐까. 원장 수녀는 부랴부랴 그녀 부모를 찾았을 것이다. 도라가 여태까지도 부모집을 뜨지 않았는지 알아보았을 것이다. 원장 수녀는 도라의 가족이 유대인이라는 사실을 알고 있었을까. 그녀의 신상 기록에 보면, '박해받는 수많은 유대 가정의 아이들이 마리아 세례 요한 수녀의 자애롭고 용기 있는 행동에 힘입어 마리아 성심의 집에 은닉했다. 또 그녀 못지않게 용감하고 신중한 다른 수녀들의 도움을 받아, 그녀는 어떤 위험 앞에서도 물러서지 않았다'고 적혀 있다.

그러나 도라의 경우는 좀 특별하다. 도라가 기숙사에 들어온

1940년 5월에는 아직 유대인 박해가 없었다. 그해 10월의 유대인구조사에서도 도라의 이름은 빠졌다. 1942년 7월에 이르러, 거대한 소탕 물결이 일기 시작한 후에야 종교 기관들이 박해받는 아이들의 은닉처로 떠올랐다. 그때 도라는 일 년 반의 나날을 마리아 성심 기숙사에서 지내온 터였다. 그때까지는 도라 혼자만이 유대인 피를 가진 생도였는지도 모른다. 다른 동료와 수녀들 누군가는 그걸 알았을까.

오르나노 대로 41번지의 아래층 카페에는 전화가 있었다. 몽마르트르 44-74. 그러나 이 카페와 다른 셋방들 사이에 교류가 있었는지, 카페 주인 마르샬이 호텔 주인도 겸했는지는 알 수가 없다. 마리아 성심 기숙사는 당시 전화번호부에 나오지 않는다. 나는 자선 기독교회 수녀단의 다른 주소를 발견했다. 생모르 가 64번지, 아마 1942년 당시에 기숙학교 별관이었거나 부속 건물이었던 것 같다. 도라는 거기도 갔었을까. 그러나 거기에도 전화는 없었다.

글쎄, 원장 수녀님은 어쩌면 밤새 도라 브루더를 기다렸을 것이다. 그러다가 월요일 아침에 마르샬 카페로 전화를 걸었거나 수녀 한 명을 오르나노 41번지로 보냈으리라. 아니면 세실과 에른스트 브루더가 벌써 기숙사로 달려왔거나.

나는 도라가 잠적했던 12월 14일에 날씨가 좋았는지 알고 싶다. 아마도 겨울 햇살이 빛나는 너무 춥지 않은 일요일, 영원과 공백의 느낌을 떨쳐버릴 수 없는 일요일이 아니었을까 싶다. 문득 시간의 흐름이 멈춰지고 그 정지된 틈새로 그냥 빠져들기만 하면 당신을 죄어오는 형틀로부터 멀리 도망칠 수 있을 것만 같은 헛된 망상이 일어나는 일요일.

12

도라의 그후 행적에 대하여 나는 오랫동안 아무것도 알아내지 못했다. 1941년 12월 14일 그녀는 사라졌고 같은 달 31일자 석간 신문에 그녀를 찾는 실종기사가 실렸다. 나중에야 나는 그녀가 드랑시 수용소에 억류되었다는 걸 알았다. 여덟 달 후인 1942년 8월 13일, 도라 브루더는 그곳에 수감되었다. 드랑시 파일에는 그녀가 투렐 수용소에서 실려온 것으로 적혀 있다. 실제로 그날 삼백 명의 유대인 여자들이 투렐 수용소에서 드랑시 수용소로 실려갔었다.

투렐은 감옥, 수용소, 억류 센터라고 불러 마땅한 곳으로 예전에 식민지군 보병대가 주둔했던 자리, 즉 투렐 병영의 옛터를 물려받았다. 포르트 데 릴라(파리 북동쪽 진입로), 모르티에 대로

141번지, 여기서 1940년 10월에 투렐 수용소가 문을 열었을 때는 '불순한 상황'에서 체류하는 타국 출신 유대인들을 잡아넣는 곳이었다. 그러나 1941년부터 남자들은 곧장 드랑시로 호송되거나 루아르 지역(센 지역의 남쪽) 수용소로 보내졌으므로, 투렐은 주로 나치 법령에 저촉되는 유대인 여자, 공산주의자, 일반 범죄자 무리를 수용했다.

언제, 정확히 무슨 이유로 도라 브루더는 투렐에 넘겨졌을까. 이 물음에 답해줄 만한 서류 기록이나 흔적은 존재할 듯 싶지 않았기에 나는 또 추측해볼 도리밖에 없었다. 누군가 길에서 그녀를 체포했을 것이다. 1942년 2월, 그녀의 도주 행각이 두 달쯤 이어졌을 때, 점령 당국은 파리의 유대인을 대상으로 '저녁 여덟시 이후 외출 및 거주지 변경을 일체 금지'하는 법령을 공표했다. 길거리마다 감시의 눈초리는 지난 몇 달보다도 한층 살벌해졌다. 지하철역 통로와 영화관 입구, 극장 관람객 출구, 거리 곳곳에서 '유대인 문제 경찰국' 요원들이 덫을 쳐놓고 기다리는 이 살얼음판 같은 참담한 2월에 도라는 잡혔을 것이다. 나는 그렇게 확신했고 또 그런 도라를 생각하면 경이로움마저 느꼈다. 고작 열여섯 살의 소녀가, 게다가 신문 지면에 실종기사까지 실렸으니 경찰이 그걸 모를 리 없었건만 그 모든 추적망을 두 달간이나 피해다닐 수 있었다는 사실이 놀라웠다. 어디 숨을 곳이라도 찾았다면 사정은 좀 다르리라. 하지만 어디에? 나치 강점기 중에서도 가장 어둡고 냉혹했던 1941년에서 42년 사이의 겨울, 파리에는 11월부터 눈이 내렸고 1월 수은주는 영하 15도를 기록했다. 사방에 얼어붙은 땅, 빙판들. 2월에는 다시 엄청난 양의 눈이 쏟아졌다. 그녀는 어디로 몸을 숨겼을까? 어떻게 그 끔찍한 파리에서 살아남을 수 있었을까?

도라는 분명 그 2월에 놈들 그물망에 걸려든 게 틀림없다고 나는 생각했다. '놈들'은 단순히 거리를 지키는 순경이나 안전요원, 혹은 미성년자 단속반의 사복 형사일 수도 있었다. 아니면 공공장소에서 신분증 제시를 요구하는 유대인 문제 경찰국 요원이거나…… 나는 어느 회고록에서 열여덟, 열아홉 살 소녀들이 '독일군 법령'에 다소 거슬리는 행위를 저질렀다는 이유로 투렐에 넘겨진 이야기를 읽은 적이 있다. 어떤 애들은 심지어 열여섯, 도라의 나이였다……

그해 2월, 새로운 나치 법령이 효력을 발휘하기 시작한 그날 저녁에 내 아버지는 샹젤리제에서 검거되었다. 유대인 문제 경찰국에서 나온 형사들이 마리냥 가의 식당 입구를 막고서 모든 손님에게 신분증을 요구했던 것이다. 아버지는 여자친구와 저녁을 먹는 중이었고, 신분증을 갖고 있지 않았다. 놈들은 아버지를 '채소 씻는 바구니(죄수 호송차)'에 실었다. 샹젤리제에서 경찰국 본부가 있는 그르뉠 가로 실려가는 동안, 아버지는 바구니 안의 어렴풋한 다른 형체들 중에서 열여덟 살가량의 여자애를 보았다. 그 모든 경찰 패거리의 본거지가 있는 건물에 도착하여 거기 우두머리, 무슨 슈베블랭 국장이라는 자의 집무실까지 끌려 올라갔을 때 여자애는 아버지 시야에서 사라지고 없었다. 잠시 뒤, 경찰청 구치소를 향하여 다시 끌려 내려가던 중에 계단 전등불의 자동 타이머가 잠시 꺼져버린 틈을 타서 아버지는 도망칠 수 있었다.

아버지는 1963년 6월의 어느 저녁, 길 건너로 스무 해 전에 그가 체포되었던 식당이 마주 보이는 샹젤리제의 한 식당에서 곤혹스러웠던 옛 기억을 처음이자 마지막으로 내게 털어놓으며 그 여자애를 슬쩍 언급했을 뿐이었다. 그녀의 생김새, 그녀의 옷차림에 대해서는 별 구체적인 얘기가 없었다. 나는 그녀를 잊었다. 어느 날 도라 브루더의 존재를 알게 되기 전까지는. 도라와 함께 불현듯 그 2월 밤의 호송차 안의 소녀가 내 기억에 되살아났고, 아버지와 다른 알 수 없는 형체들 사이에 끼여 있던 여자애가 혹시 도라 브루더는 아니었을까, 그날 밤 놈들이 그녀도 체포해서 투렐 수용소로 넘겨버린 게 아닐까 하는 생각이 들었다.

아버지와 그녀가 서로 스쳤기를 어쩌면 나는 바랐는지도 모른다. 두 사람은 무척 달랐음에도 불구하고 같은 부류였다. 그해 겨울, 그들은 배척받는 자들로서 같은 범주에 들어 있었다. 아버지도 1940년 10월의 유대인구조사에서 자기 이름을 빠뜨렸고 도라 브루더처럼 '서류번호'를 소지하지 않았다. 때문에 그에게는 더이상 합법적인 삶이란 게 없었다. 누구나 직업, 가족, 국적, 생년월일, 거주지 따위로 자신의 존재를 증명해야 하는 세상에서 그는 모든 닻줄을 끊어버렸다. 이제 그는 다른 곳에 있었다. 어디론가 도망친 후의 도라와도 같았다.

하지만 그들의 운명은 갈라졌다. 기숙사를 빠져나와 파리 길바닥에 홀로 내던져진 열여섯 살 소녀에게 구원의 손길은 그리 많지 않았다. 게다가 1942년 겨울이었다. 경찰과 점령당국의 눈으로 보자면 그녀는 유대인이자 가출 미성년자, 이중으로 불순한 상황이었다.

도라보다 열네 살 위였던 아버지에게 앞으로 나아갈 길은 이미 정해져 있었다. 일종의 무법자 딱지가 붙은 터였으니, 그는 주어진 상황이 몰아가는 대로 무법자의 비탈을 따라 내려갈 것이었다. 파리의 어느 구석에서 이런저런 편법과 궁여지책으로 삶을 꾸려가다 암거래의 늪으로 빠져드는 비탈.

호송차 안의 소녀는 얼마 전 내가 알아낸 바로, 도라 브루더는 아니었다. 나는 그 소녀의 이름을 찾으려고 투렐 수용소에 억류되었던 여자들 명단을 훑었다. 두 명의 여자애가 1942년 2월 18일과 19일에 수감되었다. 나이는 스물, 스물하나, 둘 다 폴란드계 유대인으로 이름은 시마 베르제와 프레델 프레스터. 수감 날짜는 거의 들어맞았다. 하지만 둘 중에서 누가 호송차 안의 그녀인가. 경찰청 구치소를 거쳐서 남자들은 드랑시로, 여자들은 투렐로 이감되었다. 이름 모를 여자애도 어쩌면 아버지처럼 그들에게 예정된 동일한 운명으로부터 도망쳤을까. 나는 그녀가 언제까지나 익명으로 남을 거라고 생각한다. 그녀와 함께 그날 밤에 체포된 다른 어렴풋한 형체들도 그럴 것이다. 유대인 문제 경찰국은 자기네 파일을 모두 파기해버렸다. 조직적인 소탕 기간에 체포된 경우건 길에서 마구잡이로 걸려든 경우건, 그들의 심문 조서는 하나도 남김없이 소멸되었다. 만약에 지금 이 글을 쓰고 있는 내가 존재하지 않는다면, 미지의 그 소녀와 내 아버지가 1942년 2월 어느 밤에 샹젤리제를 떠난 독일군 호송차 안에 존재했던 사실은 흔적 없이 사라졌을 것이다. 죽었건 살았건 그들은 기껏해야 신원불명인 범주로 분류되는 데 그쳤을 것이다.

이십 년 후, 어머니는 미셸 극장에서 한 배역을 맡아 공연하고 있었다. 나는 때때로 마튀랭 가와 그르퓔 가의 모퉁이 카페에서 그녀를 기다렸다. 그땐 아직 아버지가 이 부근 어디에서 죽을 고

비를 넘긴 적이 있으며 한때는 블랙홀과도 같았던 구역으로 내가 이렇게 찾아온다는 것을 모르고 있었다. 어머니와 나는 그르펠 가의 식당으로 저녁을 먹으러 갔다. 유대인 문제 경찰국 본부가 자리했던 길, 식당은 어쩌면 아버지가 끌려간 슈베블랭 국장실이 있던 바로 그 건물 일층이었는지도 모를 일이다. 자크 슈베블랭. 1901년 스위스 국경 부근 뮐루즈에서 출생. 그의 심복들은 드랑시와 피티비에 수용소들에서 아우슈비츠로 수감자들을 이송하는 열차가 출발하는 날이면 어김없이 나타나 수색작업을 벌이곤 했었다.

유대인 문제 경찰국장 슈베블랭 씨는 그가 '보조 경찰'이라 부르는 대여섯 명의 보좌들을 대동하고 수용소를 방문했다. 사실 국장의 개인적 면모만을 잘 드러내줄 뿐인 그 민간인 경찰대는 한쪽 허리춤에 권총을 차고, 다른 쪽에는 곤봉을 걸고 있었다.

보좌관들을 남겨놓고 슈베블랭 씨는 수용소를 떠났다가 저녁 무렵에 노획물을 거둬가기 위해서나 다시 나타났다. 각 보좌관들은 바라크 막사 안에 책상을 놓고 앉아서, 책상의 좌우 언저리에 물건 받는 그릇을 두 개 올려놓았다. 한쪽은 현찰, 다른 한쪽은 귀금속류. 곧 이송될 억류자들은 한 줄로 서서 치밀하고 모욕스럽게 수색대원들 앞으로 지나갔다. 다반사로 얻어터지고, 바지를 내려야 했고, 군화발 강타에 곁들여진 욕설 공세를 치러야 했다. "새끼! 아직도 경찰 피를 빨아먹겠다는 거야 뭐얏!" 안주머니, 바깥주머니, 모두 수색 시간을 단축한다는 이유로 난폭하게 찢겨나갔다. 여자들의 수색에 대해서는 더 말하지 않겠다. 은밀한 곳은 남아 있지 않았다.

수색작업이 끝나면 현찰과 보석들은 뒤죽박죽 가방으로 들어갔다. 가방들은 끈으로 묶여지고 납으로 봉인되어 슈베블랭 씨의 차로 옮겨졌다.

납으로 봉인하는 작업은 그리 대단한 건 아니었다. 수색 경찰대의 손에는 늘 납땜용 공구가 붙어 있었으니까. 그들은 은행권이나 약간의 보석을 착복할 수도 있었다. 그들은 주머니에서 값비싼 반지 따위를 꺼내들고 떠벌리는 것도 서슴지 않았다. "봐, 이거 가짜 아니라구!" 또는 오백 프랑 천 프랑짜리 지폐 다발을 쓱 꺼내들며 "아, 이걸 잊었었군!"…… 수색작업은 막사들 구석의 매트리스, 이불, 베개까지도 다 찢어놓았다. 한데, 유대인 문제 경찰국에 의해 자행된 그 모든 수색 작업들에 관한, 어떤 흔적도 존재하지 않는다.*

---

* 이상은 1943년 11월에 피티비에 세무서의 한 관리가 써올린 행정 보고서 내용이다.(원주)

수색대는 일곱 명의 남자로 구성되었다. 늘 동일한 자들. 그리고 여자 한 명도 끼여 있었다. 아무도 그들 이름을 모른다. 당시 그들은 젊었고 지금도 몇 명은 살아 있다. 하지만 사람들은 그들 얼굴을 알아볼 수 없으리라.

슈베블랭은 1943년 사라졌다. 독일군 당국이 거추장스러운 그를 제거했을 것이다. 그런데 내 아버지는, 그의 집무실에 끌려갔던 기억을 내게 털어놓던 날, 전쟁 후 어느 일요일에 개선문 부근 포르트 마요에서 그자를 다시 보았던 것 같다고 했다.

13

호송차 '채소 씻는 바구니'는 1960년대초까지도 그다지 많이 변하지 않았다. 내 생애에 한 번 그것을 타본 적이 있는데, 그때 아버지도 나랑 함께 탔었다. 이제 와서 새삼 들추고 싶은 얘깃거리는 아니지만 그 돌연한 사건이 내게 아직도 하나의 상징처럼 남아 있다.

아주 평범한 상황이었다. 내 나이 열여덟, 아직 미성년이었다. 내 부모는 이혼한 상태임에도 불구하고 같은 건물에 살고 있었고, 아버지는 다른 여자와 동거했다. 노란 볏짚단 같은 머리칼에 엄청 신경질적인 여자, 사이비 밀렌 드몽조* 같은 여자였다. 어

* 1950년대에 핀업걸로 데뷔했던 영화배우.

머니는 나랑 살았다. 그날, 같은 건물 안에서 내 부모 사이에 이웃 간 분쟁이 터진 것은 실로 얼마 안 되는 별거수당 때문이었다. 아버지는 법원의 결정에 따라 그 수당을 내 양육비 조로 어머니에게 지불해야 했는데, 물론 거기에 이르기까지도 몇 단계의 분쟁을 거쳐야 했었다. 센 지역 지방법원. 고등법원의 제1추가법정. 당사자 판결 통보. 어머니는 나한테 그 집으로 가서 초인종을 누르고 아버지가 지불하지 않은 돈을 받아오라고 했다. 우리는 괴롭게도 다른 생계수단이 없었다. 정말 내키지 않는 일이었다. 그래도 나는 그 집 초인종을 누르고 공손히 얘기해볼 참이었다. 심지어 이런 행동을 취하게 돼서 죄송하다고 말할 의향도 있었다. 그는 내 면전에다 문을 쾅 닫아버렸다. 그리고는 사이비 밀렌 드몽조가 아우성을 치며 경찰을 부르는 소리가 들려왔다. 이유는 '불량배가 난동을 피웠다'는 거였다.

반 시간쯤 지나 그들이 어머니 집으로 나를 찾으러 왔다. 나는 아버지와 함께 건물 앞에 대기해 있는 호송차에 올랐다. 우리는 서로 마주 보는 긴 나무 의자에 앉아서 각자 좌우로 두 명의 순경에게 호위되었다. 여러 생각이 들었다. 이런 처우를 당하는 것이 내 생애 처음이라면 아버지는 스무 해 전, 1942년 2월 그날 밤에 유대인 문제 경찰국 요원들에게 체포되어 지금 우리가 타고 있는 이것과 거의 비슷한 호송차에 실려간 적이 있는 경험자였다. 나는 이 순간에 그도 역시 그날을 생각하고 있을까 궁금했다. 그는 짐짓 나를 보지 않는 체했다. 그는 내 눈길을 피했다.

어떤 길을 달렸는지 나는 정확히 기억한다. 강변로. 생페르 길. 생제르맹 대로. 되 마고 카페 앞에서 빨간불에 정차. 창살 박힌 유리창 너머로 햇살 비추는 카페 테라스에 앉아 마실 것을 들고 있는 사람들이 보였다. 그들이 부러웠다. 하지만 뭐 내 인생이 결딴나려는 건 아니었다. 우리는 다행히 큰 위험이 없는 대수롭지 않은 시대를 살고 있었다. 차후로 '영광스러운 삼십 년'이라 불리게 될 그 시대였으니까.

하더라도 나는 아버지의 태도에 놀랐다. 나치 강점기에 그가 겪은 것은 분명코 그가 겪은 것일진대, 잊었는가, 그는 채소 씻는 바구니가 나를 실어가도록 하는 데 일말의 주저함도 보이지 않았던 것이다. 그도 바구니 안에 있었다. 내 앞에 앉아서 태연스레, 약간은 지겹다는 표정으로, 내가 무슨 페스트 환자라도 되는 양 나를 모른 체하면서. 경찰서가 가까워옴에 따라 나는 두려웠다. 그로부터 어떤 동정심도 기대할 상황이 아니었다. 뭔가 부당했다. 나는 또한 그 책을, 내 첫 소설을, 나치 강점기에 그가 겪었던 불안을 이제 내 몫으로 떠맡겠다는 심정으로 쓰기 시작한 터였기에 더욱더 부당함을 느꼈다. 몇 해 전 나는 그의 서재에서 1940년대에 출간된 반유대주의 작가들의 몇몇 책들을 발견했었다. 그는 이자들이 도대체 뭘 비난하고 있는가를 이해하려고 그 책들을 구입했을 것이다. 거기 나오는 환상적인 괴물 묘사에 그가 얼마나 놀랐을지, 상상이 간다. 갈고리처럼 구부러진 코에다 탐욕스러운 맹금의 손을 가진 괴물의 위협적인 그림자가 마구 담을 타넘고 있었다. 세속의 온갖 악덕으로 썩었으며 모든 병폐의 근원이자 모든 죄목으로 처단되어야 할 피조물. 나는, 그래 나로 말하자면, 내 아버지로 인해 그 작가들의 모욕적 언사에 상처를 받았고 나의 첫 소설『에투알 광장』에서 그들의 모욕에 답해주려 했다. 프랑스 산문의 격투장에서, 단 일격으로, 아주 찍소리도 못하게 때려눕히자! 지금은 물론 내 계획이 얼마나 유치하고 단순했던가를 느끼고 있다. 내가 때려눕히려 했던 작가들 대부분은 벌써 사라졌거나, 총살되었거나, 망명길에 올랐거나, 폭삭 늙어 노망이 들었거나 죽었다. 안타깝게도 나는 너무 늦게 태어났다.

호송차는 생제르맹 구역 경찰서 앞에 멈췄다. 우리는 순경을 따라 서장실로 갔다. 아버지는 냉담한 목소리로 이 '불량배'가 열일곱 살 때부터 자기 집에 들어와 '난동을 피웠다'고 서장에게 설명했다. 서장은 나를 향해 '다음 번엔 여기 잡아두겠다'고 경범자에게 말하는 투로 선언했다. 서장의 엄포가 설령 진짜로 이행되어 내가 구치소로 넘겨진다 하더라도 내 아버지는 새끼손

가락 하나 까딱하지 않으리라는 것을 나는 그날 충분히 알았다.

아버지와 나는 경찰서를 나왔다. 나는 그에게 물었다. 정말 그렇게 경찰까지 불러서 나한테 덮어씌워야만 했냐고. 그는 대답하지 않았다. 나는 대답 없는 그를 원망하지는 않았다. 같은 건물에 살았으므로 우리는 나란히, 말없이, 길을 걸었다. 1942년 2월의 밤이 하마터면 내 입에서 튀어나오려 했다. 스무 해 전, 채소 씻는 바구니에 실려갔던 그날을 방금 전에 떠올렸는지 그에게 물어보고 싶었다. 하지만 그건 그에게 나한테만큼 중요한 것 같지 않았다.

우리는 돌아오는 길과 층계에서 한마디도 나누지 않은 채로 헤어졌다. 다음해 8월, 그가 뢰이 병영에 나를 강제 입대시킬 속셈으로 내 병역 서류를 훔쳐갔기 때문에 우리는 두세 번 다시 만나야 했다. 그러고는 다시 보지 못했다.

14

1941년 12월 14일, 도주의 첫 순간들에 도라는 뭘 했을까. 내 추측이 맞다면 그녀는 마리아 성심 기숙사 정문 앞에 도착한 순간에 그 문을 들어서지 않기로 결심하고는 소등 시각까지 그 일대를 방황하며 저녁 시간을 보냈다.

근처에는 아직도 방앗간 길, 늑대 구멍 길, 벚나무 오솔길과 같은 소박한 이름으로 불리는 길들이 존재한다. 그러나 기숙사 담벽을 따라서 나무 그늘이 우거진 좁은 길을 내려가면 화물 터미널이 나오고, 좀더 멀리까지 큰길을 따라가면 리옹 역이 나온다. 여기서 떠나는 철로들은 도라가 갇혀 있던 곳에서 불과 이삼백 미터 거리의 지점을 통과한다. 파리와는 뚝 떨어져 존재하는 듯 호젓한 구역, 수녀원과 은밀한 묘지, 적막한 길들, 그러나 또 끊임없는 출발들이 있었다.

가까이에 있는 리옹 역이 도주의 충동을 부추겼는지 나는 알 수 없다. 등화관제의 밤들은 적막하니까, 화물열차의 요란한 출발 소리는 그 적막을 뚫고 도라의 공동 침실까지 들려왔는지도 모른다. 리옹 역에서 자유지대를 향해 떠나는 밤 기차 소리도 들려왔을까. 자유지대.* 이 기만적인 단어를 그녀도 들었을 것이다.

『신혼여행』을 쓰던 무렵에 나는 도라 브루더에 대해 거의 아무것도 모르는 채로 그녀에게 사로잡혀 있었다. 그녀와 같은 나이인 소설의 여주인공에게 나는 잉그리드라는 이름을 지어주고 남자친구와 함께 자유지대로 피신하게 했다. 내 상상의 모델은 벨라 D., 그녀도 열다섯 나이에 파리를 떠나 불법으로 점령 분기선을 넘었다가 툴루즈에서 옥살이를 치렀다. 그리고 안나 B., 통행증 없이 손 강 지역(동부의 점령 분기선 지역)의 기차역에서 체포되어 12주 감옥형을 받았을 때 그녀는 열여덟…… 1960년대에 그녀들이 내게 들려준 얘기이다.

도라도 남자친구나 여자친구와 공모하여 오래전부터 도주를 준비했을까. 그녀가 파리에 남았는지 자유지대로 넘어가려 했는지 나는 궁금하다.

---

* 대서양 연안을 제외한 프랑스 중남부의 독일군 비점령지대. 이곳에 비시 정부가 수립되어 독일의 협력자 노릇을 했다.

15

클리냥쿠르 구역 경찰서의 1941년 12월 27일자 업무일지에 다음과 같은 사항이 나온다.

> 1941년 12월 27일. 도라 브루더, 1926년 2월 25일 파리 12구 출생, 주소 오르나노 대로 41. 진술자 에른스트 브루더, 42세, 부.

노트 여백에는 어디에 해당하는 건지 알 수 없는 숫자들이 적혀 있다. 7029 21/12.

클리냥쿠르 경찰서는 몽마르트르 언덕 뒤편에 있었다. 랑베르 가 12번지, 서장 이름은 시리였다. 에른스트 부르더는 십중팔구 18구 경찰청에도 들렀을 것이다. 18구 경찰청은 18구 구청과 붙어 있었고 그가 사는 호텔에서 더 가까웠다. 몽스니 가 74번지. 청장 이름은 코르넥.

도라가 사라지고, 아버지는 십삼 일간을 기다리던 끝에 경찰을 찾아가 딸의 실종을 알렸다. 그 기나긴 십삼 일이 흘러가는 동안 아버지의 고뇌와 망설임이 어떠했을지 상상해보라. 그는 지난해 10월에 바로 같은 경찰서에서 도라의 이름을 신고하지 않았었다. 경찰들이 그 사실을 알아채면 어쩌나, 하지만 딸을 찾으려면 사람들 이목을 그녀에게로 끌어야 했다.

에른스트 브루더의 진술조서는 파리 경찰청의 문서보관소에서 찾을 수 없다. 그런 서류들은 아마 실효성이 없어지는 대로 구역 경찰서에서 점차 파기했던 모양이다. 전쟁이 끝나고 몇 년이 지나서는 다른 경찰 문서들도 파기되었고 따라서 1942년 6월 첫 주에 개설되었던 특수 등록대장도, 6세 이상의 유대인이라면 누구나 노란별 세 개를 달게 되었던 그때의 기록도 없어졌다. 유대인 신분과 서류번호, 주소, 그리고 한쪽 가장자리에 노란별을 접수한 자들의 서명이 반드시 들어가야 했던 특수 대장은 파리와 근교의 경찰서들에서 오십 개 이상 생겨났었다.

도라와 에른스트 자신에 대하여 그날 어떤 질의가 오갔는지 우리는 확인해볼 길이 없다. 하기야 그는 다행히 무난한 경찰 관리를 만났을 수도 있다. 도라의 경우를 전쟁 전부터 취급해온 일상 업무쯤으로 여기고 브루더 가족과 다른 프랑스인을 전혀 별개로 보지 않는 경찰 관리였다면 별 문제 없었을 것이다. 에른스트는 물론 '과거 오스트리아인'으로 셋방 호텔에 거주했고 직업도 없었다. 하지만 그의 딸은 파리에서 태어나 프랑스 국적을 가졌다. 청소년 가출, 이 현상은 그야말로 혼란스러운 그 시대에 날로 흔해지고 있었다. 〈파리 수아르〉 신문에 몇 줄 내보라고 권유한 자는 그 경찰 관리였을까. 도라의 실종이 벌써 두 주를 넘어가고 있었으니 구역 경찰로서는 마땅히 그런 권유를 해봄직하다. 혹은 신문사 직원? 이를테면 '차에 치인 개들' 담당으로, 여느 때처럼 구역 경찰서들을 순방중이던 신문기자가 그날의 사고 더미에서 우연히 도라의 이삭을 건져내어 '어제와 오늘 사이' 기사란을 채웠을 수도 있지 않은가.

나는 1960년 1월의 도주에서 느꼈던 그 열광적 기분을 아직 기억한다. 너무 강렬해서 내 인생에 거의 그 비슷한 것은 다시 찾아오지 않았다. 단칼에 모든 포박들을 잘라내는 도취감, 거칠고도 자발적인 결렬의 순간. 강요된 규율 체계, 기숙사, 선생들, 동료들, 당신은 이제 그들과 아무 관계도 아니다. 단절, 그렇다. 부모와도 그렇다. 이날 이때까지 당신을 사랑해준 적도 없었고 앞으로 더 기대할 것도 없는 부모와 당신은 결렬되었다. 반항과 고독의 감정이 활활 타오르고 마구 숨이 가빠지면서 당신은 무중력 상태로 돌입한다. 내 삶에서 진정 나 자신으로 돌아가 내 걸음으로 걸었던 희귀한 순간들의 하나였다.

황홀경은 오래가지 못한다. 아무 미래도 없다. 당신은 눈부시게 비약하다가 갑자기 뚝 날개 부러지는 소릴 듣는다.

도주는 그런 것 같다. 살려달라는 일종의 구조 요청이자 때로는 자살의 한 형태이다. 그럼에도 우리는 짧은 순간 영원의 느낌을 맛본다. 나는 단칼에 세상과의 끈들을 잘라냈을 뿐 아니라 시간의 끈도 잘라냈다. 어느 아침의 끝에 하늘은 맑은 푸른빛이고 나를 짓누르는 것은 아무것도 없다. 튈르리 정원의 시계바늘은 영원히 멈췄다. 그런데 개미 한 마리가 태양의 흑점 위로 꾸준히 기어가기를 멈추지 않는다.

나는 도라 브루더를 생각한다. 그녀의 도주는 이십 년 후 세상이 다시 그럭저럭 무해(無害)한 상태로 돌아왔을 때의 나의 도주처럼 그렇게 단순한 게 아니었다. 1941년 12월의 이 도시는 야간 통금령과 군인과 경찰의 왕국이었다. 모두 그녀에게 적의를 품었고 그녀의 파멸을 원했다. 열여섯 살 그녀는 까닭도 모르면서 온 세상과 대치하는 형국이었다.

당시 파리에는 또다른 반항아 무리들이 있었다. 그들은 도라와 같은 고독 속에서 독일군 수송 차량과 집회 장소를 겨냥해 수류탄을 날렸다. 그들은 도라 나이였다. 그들 가운데 몇몇 얼굴은 적색 벽보에 게시되기도 했다. 나는 그 얼굴들을 도라와 연결시켜 떠올려보지 않을 수 없다.

1941년 여름, 점령 초기부터 제작에 들어갔던 영화들 중 하나가 파리 시내의 노르망디 극장에서 개봉되었다. 얼마 지나지 않아 그 영화는 각 동네 극장들로 들어왔다. 〈첫번째 만남〉이라는 코믹 연애물, 나는 마지막으로 그걸 보았을 때 야릇한 느낌을 받았다. 가벼운 줄거리와 주인공들의 발랄한 분위기와는 다소 동떨어진 느낌이었다. 나는 도라 브루더도 저걸 보았을 거라고 생각했다. 어느 외출하는 날, 도라는 그녀 또래의 소녀가 무단 도주하는 내용을 그린 〈첫번째 만남〉을 보러 갔을 것이다. 주인공 소녀는 마리아 성심 기숙사와 비슷한 한 기숙사를 빠져나온다. 그녀는 이런저런 도주 행각을 펼치다가 어느 순간 동화책이나 로맨스물에서 흔히 그러듯 멋진 왕자님을 만난다.

영화는 도라의 진짜 삶에 닥쳐온 것에 비하면 심각하지 않은 핑크빛 각색물이었다. 도주의 꿈은 혹 거기서 생겨나지 않았을까. 나는 영화의 디테일에 주의를 쏟았다. 기숙학교의 공동 침실과 복도들, 생도들의 제복, 땅거미가 지는 무렵에 여주인공이 앉아 기다리는 카페…… 현실에 부합했을 만한 것이라곤 찾아볼 수 없었다. 장면들은 거의 다 스튜디오 촬영이었다. 그런데도 왠지 불안했다. 영화의 독특한 빛 처리와 낡은 필름을 채우고 있는 가느다란 빗방울들, 내 불안은 그런 데서 생겨났다. 모든 이미지가 얇은 베일에 한 꺼풀 덮여 있는 듯했고 이 베일 때문에 명암의 대비가 너무 두드러지거나 아니면 북극의 벌판처럼 하얗게 사라져버렸다. 영상은 너무 환하면서 또 너무 어두워서, 소리를 삼켜버리지 않으면 턱없이 강렬하고 불안한 음색으로 변조시켰다.

문득, 점령 시대의 관객들 시선이 거기 배어 있음을 나는 깨달았다. 갖가지 부류의 관객들, 상당수는 전후까지 살아남지도 못했던 그들, 짧은 휴전과도 같았던 주말 저녁, 영상의 흐름을 따라 그들은 미지의 존재에게로 끌려갔다. 관람하는 동안은 전쟁 따위와 바깥 세계의 나쁜 징조들은 잊혀졌다. 영화관의 어둠 속에서 다닥다닥 붙어 앉아 큰 화면 속의 이미지 물결을 좇아가는 것만이 그들의 전부였고 더이상 아무 일도 일어나지 않았다. 그 모든 시선들은 모종의 화학반응을 일으켜 필름의 본질 자체를 변화시켰다. 빛의 작용과 배우들 목소리까지도 변화시켰다. 언뜻 경박스레 보이는 〈첫번째 만남〉의 이미지 앞에서, 도라 브루더를 생각하며 나는 그렇게 느꼈다.

16

에른스트 브루더는 1942년 3월 19일 체포되었다. 엄밀히 말하면 그는 바로 이 날짜에 드랑시 집단 수용소에 억류되었다. 그의 체포 이유와 체포 상황에 대해서는 아무 기록도 발견되지 않았다. 당시 경찰에서 사용했던 '가족 파일'에는 각 유대인에 관한 소량의 정보가 수집되어 있었는데, 그는 이렇게 적혀 있다.

브루더 에른스트

21. 5. 99. 빈

유대인 서류번호 : 49091

직업 : 무직

상이군인 연금 100퍼센트. 독가스 공격을 당한 프랑스 외인부대 이등병. 폐결핵.

중앙 서류함 E56404.

그 아래, 고무 도장으로 '추적 대상'이라는 글자가 찍혀 있고, 다음에는 연필 자국으로 '드랑시 수용소에 수감중'이라는 언급이 나온다.

에른스트 브루더는 '과거 오스트리아 출신 유대인'이라는 신분 때문에 1941년 8월의 소탕 그물에 걸려들 수도 있었다. 8월 20일, 프랑스 경찰대는 독일군의 지휘 아래 파리 11구 전역을 봉쇄하고는 이후 며칠간 18구를 포함한 다른 구역들의 요소요소에서 닥치는 대로 외국인 유대인을 잡아 심문했었다. 그는 어떻게 이 그물을 피했을까. 퇴역한 프랑스 외인부대 이등병 자격으로? 가당치 않은 일이다.

파일상으로 그는 '추적 대상'이었다. 하지만 언제부터? 정확히 어떤 이유로? 만약 도라의 실종을 알리러 클리낭쿠르 구역 경찰서를 찾아갔던 1941년 12월 27일에 이미 '추적 대상' 도장이 찍혀 있었다면 경찰은 그를 두 발로 다시 걸어나가게 놔두지 않았을 것이다. 바로 그날일까, 에른스트가 그들의 주목을 끌기 시작한 때는?

아버지는 실종된 딸을 찾으려고 경찰에 신고한다. 석간신문에

짤막한 실종기사가 실린다. 한데 아버지 자신이 누군가에게 추적당하고 있다. 부모들은 자식의 흔적을 잃어버리고, 어느 3월 19일에는 그 부모들 중 한 명이 이어서 실종된다. 마치 그해 겨울이 인간 세상을 갈래갈래 찢어놓고 그들의 존재 자체가 모호해질 지경까지 그 행적들을 흩뜨려 지워버린 것처럼. 어디 호소해볼 데도 없다. 그들을 추적하고 색출하는 임무에 봉사하는 자들은 파일을 만든다. 그들을 더욱 잘 사라지게 하기 위하여. 결정적으로 실종시키도록.

17

도라가 아버지의 체포 사실을 즉각 알았는지 나는 모른다. 아마 몰랐을 거라고 짐작되지만. 12월에 잠적한 뒤로 그녀는 오르나노 41번지에 돌아오지 않았다. 3월에도 돌아오지 않았다. 적어도 파리 경찰청 문서보관소에 남아 있는 그녀의 흔적들은 그렇게 말해준다.

어언 육십 년이 흘러 고문서들은 차츰 자신의 비밀을 드러내고 있다. 나치 강점기의 파리 경찰청은 센 강 기슭에 떠도는 거대한 옛 병영의 환영과 다를 바 없다. 이 환영은 우리가 과거를 다시 들춰보는 순간, 어셔 가의 저택처럼 음침한 모습을 드러낸다. 날마다 그 앞을 지나다니는 우리는 1940년대 이후로 그 건물이 전혀 변하지 않았다는 사실을 믿기가 어렵다. 이건 같은 돌

멩이가 아니고 같은 복도들이 아니라고 확신하는 것이다.

유대인 사냥에 몰두했던 경찰 간부들과 형사들, 오래전에 죽었지만 여전히 불길하게 메아리치는 그들 이름은 썩은 가죽 채찍과 냉혹한 구타의 냄새를 풍긴다. 페르미외, 프랑수아, 슈베블랭, 쾨르페리히, 쿠굴…… 일명 '포획자'로 불렸던 구역 담당 순경들도 이미 죽었거나 제 몸뚱이 하나 가누지 못할 만큼 늙었다. 포획자는 자기가 포획한 각 인물의 심문조서마다 자기 이름을 써넣었다. 그들이 작성한 수만 장의 조서들은 깨끗이 파기되어, 우리는 포획자 무리의 이름을 알 길이 없다. 그러나 경찰청 문서보관소에는 최소한 몇백 통에 달하는 편지 더미가 남아 있다. 경찰청장 앞으로 씌어졌으나 그로부터 아무 응답도 받지 못한 이 편지들은 마치 먼 기항지의 창고 구석에 처박혀 그대로 잊혀져 버린 항공우편 자루들처럼 반세기가 넘도록 거기 내던져져 있었다. 오늘날 우리는 그것들을 읽어볼 수 있다. 정작 편지를 읽어보아야 했던 자들은 조금도 신경쓰려 하지 않았기에 지금 우리가, 그 시대에는 아직 태어나지도 않았던 우리가 그 편지 더미의 수신자이며 보유자가 되었다.

청장님 귀하,

저는 귀하께서 본 탄원서를 읽어주심을 영광으로 생각합니다. 말씀 올리려는 바는 다름아니라 제 조카 알베르 그로당에 관한 것으로, 그는 올해 16세이며 프랑스 국적을 보유했음에도 억류되어……

유대인 담당국 국장님께,

본인은 딸자식 넬리 트로망을 드랑시 수용소에서 풀어주실 것을 삼가 귀하께 간청하는 바……

경찰청장님 귀하,

저는 남편 젤릭 페르그리히트에 관하여 감히 청하옵건대, 그의 소식이나 몇 가지 정보라도 알려주시기를……

청장님 귀하,

저는 딸에 관한 정보를 구하고자 삼가 귀하의 높으신 아량과 관대함에 호소합니다. 제 딸은 자크 레비의 아내로 결혼 전 이름은 비올레트 조엘이며, 지난 9월 10일경, 규정상의 별을 달지 않은 채로 점령 분기선을 넘어가려다 체포되었습니다. 그녀는 여덟 살이 조금 넘은 아들 장 레비와 함께였는데……

저는 세 살짜리 손자 미카엘 루뱅의 석방을 간절히 요청합니다. 프랑스인 어미로부터 태어난 프랑스인 미카엘은 현재 어미와 함께 드랑시에 억류되어……

청장님께,

아무쪼록 제가 말씀드리는 경우를 고려해주시면 귀하께 무한히 감사드리겠습니다. 얼마 전, 이미 고령에다가 몸도 편찮은 부모가 검거되어 저는 여동생과 단둘이 남았습니다. 동생은 마리 그로스망, 15세 반, 프랑스 유대인으로 신분증 번호는 B시리즈 1594936입니다. 제 자신은 자네트 그로스망, 19세, 마찬가지로 프랑스계 유대인이며 신분증 번호는 B시리즈 924247……

귀하,

죄송합니다. 무작정 귀하 앞으로 편지를 씁니다. 제 경우는 이렇습니다. 1942년 7월 16일 새벽 네시에 사람들이 제 남편를 잡으러 왔고, 딸애가 울음을 터뜨리자 그만 딸애도 잡아갔습니다.

딸애 이름은 폴레트 고델프, 1927년 11월 19일 파리 12구에서 태어나 현재 나이 14세 반, 그리고 프랑스인……

18

클리냥쿠르 구역 경찰서 1942년 4월 17일자 업무일지에는 이런 기록이 담겨 있다.

1942년 4월 17일. 2098 15/24. P. 미성년자.
도라 브루더 건, 16세, 실종, 조서 1917.
모친 거처로 복귀.

첫 줄에 나오는 2098 15/24 숫자가 뜻하는 바는 뭔지 모르겠지만, 'P. 미성년자'는 미성년자 보호(protection)에 관련된 업무를 뜻할 터이다. 조서 1917은 에른스트 브루더가 지난해 12월 27일에 진술한 내용을 담은 것으로, 도라와 에른스트 자신에 대한 경찰의 질의내용도 포함하고 있을 것이다. 하지만 이 경찰서 일지에 언급된 것말고는 문서보관소 어디에도 자취가 없는 조서이다.

겨우 세 줄이 '도라 브루더 건'에 할애되었다. 이어지는 기록은 같은 날에 접수된 다른 건들이다.

골 조르제트 폴레트, 1923. 7. 30.
팡탱 출생 (센 지역), 부모 조르주와 펠즈 로즈.
독신. 피갈 가 41번지 호텔에 거주. 매춘.

제르멘 모레르, 1921. 10. 9.
출생지 앙트르되조 (보주 지역), 현재 호텔에 거주.
참조, J.R. 크르테 보고서 1점. 파리 9구.

이런 식으로 점령기의 경찰일지는 창녀들과 집 잃은 개들, 버림받은 아이들로 속속 채워졌다. 물론 도라처럼 어디론가 사라져 방랑죄를 짓고 다니는 십대들도 빠질 수 없는 경우였다.

기록상으로 '유대인' 여부는 전혀 문제시되지 않았던 것 같지만, 그럼에도 그들은 경찰서에서 구치소로 넘겨졌고 얼마 뒤에는 드랑시 행이었다. 도라 건에서 '모친 거처로 복귀'라는 짤막한 구절로 미루어, 클리냥쿠르 경찰들은 도라의 부친이 지난 3월에 체포된 사실을 알았던 것 같다.

그녀가 도주한 날짜 1941년 12월 14일부터 경찰일지에 다시 나타난 1942년 4월 17일까지, 두 날짜 사이에 그녀는 흔적이 없다. 경찰 기록에 따르면 그녀는 어머니 집으로, 다시 말해 오르나노 41 호텔방으로 돌아오긴 했다. 넉 달간이나 어디 있었는지, 뭘 했는지, 누구랑 어울렸는지 묘연한 채로, 게다가 '모친 거처'로 돌아올 때의 그녀 정황이 어떠했는지도 묘연할 따름이다. 누군가로부터 아버지의 체포 소식을 전해 듣고 그녀 스스로 돌아왔을까, 아니면 그녀를 찾으라는 지시가 미성년자 단속반에 떨어져 아버지처럼 그녀도 길에서 붙잡힌 것일까. 이날까지 나는 아무 실마리도, 아무 증인도 찾아내지 못했다. 밝혀지지 않은 넉 달은 그녀 삶의 공백기로 남았다.

그 공백의 흐름 속에서 도라 브루더를 완전히 놓쳐버리지 않는 유일한 방법은 아마 시간의 변화들을 얘기하는 것이리라. 첫눈은 1941년 11월 4일에 내렸다. 맹렬한 추위가 닥쳐와 본격적으로 겨울이 시작된 날은 12월 22일이었다. 12월 29일, 기온은 계속 떨어지고 유리창마다 얇은 얼음막이 끼었다. 1월 13일부터는 바야흐로 시베리아 혹한, 물은 다 얼음으로 변했다. 그리고 거의 사 주 동안 녹지 않았다. 2월 12일, 소심하게 봄을 예고하듯 약간의 햇살이 비추었다. 보도를 덮은 잔설은 행인들의 발에 밟혀 거무스름하게 되었고 곧 진흙탕으로 변했다. 이 2월 12일 저녁에 유대인 문제 경찰국 호송차가 내 아버지를 실어갔다. 2월 22일에는 다시 눈이 내렸다. 2월 25일에도 눈이 내렸다. 한층 무섭게 쏟아졌다. 3월 3일 저녁 아홉시가 지나, 도시 근교에 첫 번째 폭격이 있었다. 파리의 유리창들도 전율했다. 3월 13일 대낮부터 사이렌이 울렸다. 공습 경보. 지하철 승객들은 모두 터널 속으로 들어가 두 시간 동안 꼼짝 않고 거기 머물러야 했고 그날 밤 10시에 또다른 공습 경보가 울렸다. 3월 15일 화창한 태양이 비추었다. 3월 28일 밤 열시경, 멀리서 폭격이 시작되어 자정까지 이어졌다. 4월 2일 새벽 네시에 공습 경보, 여섯시까지 무지막지한 폭격이 있었고 밤 열한시가 넘어 또 한바탕 폭격이 지나갔다. 4월 4일 밤나무 가지들에 싹이 돋았다. 4월 5일 저녁 무렵에는 우박 섞인 봄철 소나기가 지나가고, 무지개가 떴다. 잊지 마, 내일 오후 고블랭 카페에서 만나는 거야.

몇 달 전 도라 브루더의 사진 한 장을 입수했다. 앞서 내가 수집해놓은 것들과는 단연 구별되는 사진, 아마 그녀의 사진으로는 마지막이 아닐까 싶다. 얼굴 모습과 분위기 모두 예전의 앳된 그녀가 아니다. 어린 시절의 눈빛와 동그스름한 빰의 윤곽, 수상식 날의 하얀 원피스 같은 것들은 이제 보이지 않는다. 어느 날짜에 찍은 것인지 궁금하다. 1941년, 마리아 성심 기숙사에 머물던 때이거나 아니면 겨우내 도주 행각을 마치고 다시 오르나노 거리로 돌아왔던 1942년 봄의 어느 날이 아닐까.

그녀는 어머니와 외할머니와 함께 있다. 세 모녀는 옆으로 나란히 서 있는데 세실 브루더와 도라 사이에 외할머니가 보인다. 세실은 검정 원피스에 짧은 머리, 외할머니는 꽃무늬 원피스를 입었다. 두 여인은 웃지 않는다. 도라는 검정 혹은 짙은 감청색으로 보이는 원피스 안에 흰 목깃이 달린 블라우스를 받쳐 입었다. 모든 걸 알아볼 수 있으리만치 분명한 사진이 아니기 때문에 어쩌면 그건 원피스가 아니라 조끼와 치마인지도 모르겠다. 그녀는 끈 달린 구두에 스타킹을 신었다. 거의 어깨까지 내려오는 단발머리는 뒤로 넘어가게 머리띠로 묶이고 그녀의 왼팔은 손가락을 오그린 채 옆으로 내려져 있다. 오른팔은 외할머니 뒤로 숨었다. 꼿꼿하게 머리를 세우고 눈빛은 꽤 엄숙해 보이지만 입가에는 보일 듯 말 듯 미소가 떠돈다. 슬프고 부드러우면서도 어딘가 도발적인 기운을 그녀 얼굴에 불어넣는 미소다. 세 여인은 담벽 앞에 서 있고 바닥에는 여느 공공 장소의 복도처럼 돌이 깔려 있다. 사진을 찍은 사람은 누굴까? 에른스트 브루더? 그가 이 사진에 나오지 않는 까닭은 이미 체포되었기 때문에, 그렇다고 봐야 할까? 여하튼, 익명의 카메라 렌즈를 응시하는 세 여인은 주일 예복을 차려입은 모습이다. 여기서 도라가 입은 옷이 바로 〈파리 수아르〉의 실종기사에 기재된 그 감청색 치마인가?

어느 가족에게나 얼마가량은 존재하는 사진들. 사진에 찍힌 그 몇 초간 그들의 운명은 보호받았고 그 몇 초는 영원이 되었다.

왜 하필이면 그들 위로 벼락이 떨어졌는지 나는 묻고 싶다. 이 글을 써오는 동안에 문득문득 나처럼 글쓰는 생업에 매달렸던 사람들이 생각나곤 했다. 오늘은 한 독일 작가의 기억이 떠오른다. 그의 이름은 프리도 람페이다.

무엇보다 그 이름이 내 주의를 끌어당겼고 또 그의 책 제목 하나가 그랬다. 『밤의 언저리에서』. 이십오 년전, 이 책의 프랑스어 번역판이 나왔을 때 나는 샹젤리제의 한 서점에서 그걸 발견했다. 전혀 모르는 작가였다. 그러나 책을 열어보기도 전에 벌써 전생에서 읽어보기라도 한 것처럼 나는 그 음색과 분위기를 감지했다.

프리도 람페. 『밤의 언저리에서』.

불켜진 창을 떠올려주는 이름과 제목이었다. 눈길을 뗄 수 없는 불켜진 창을 바라보고 있으면 언제나 두 생각이 교차한다, 저 창 너머에서 누군가, 내가 잊어버린 누군가가 오래전부터 내가 돌아오길 기다리고 있다. 아니면 이미 아무도 없으려나. 텅 빈 집 안에 램프 하나만 홀로 켜 있는 것인가.

프리도 람페는 1899년 브레멘에서 태어났다. 에른스트 브루더와 동갑, 하이델베르크 대학을 다녔고, 함부르크에서 도서관 사서로 일하면서 첫 소설 『밤의 언저리에서』를 쓰기 시작했다. 훗날 그는 베를린의 한 출판사로 직장을 옮겼다. 정치에는 무관심했다. 그의 관심이 쏠렸던 대상은 브레멘 항구에 떨어지는 황혼과 활 모양으로 휘어진 가로등의 라일락빛 도는 흰 불꽃들, 선원들, 레슬링 선수들, 오케스트라, 전차 종소리, 기차가 달리는 철교, 증기선의 기적 소리, 그리고 어둠 속에서 서로를 찾아가는 모든 사람들…… 첫 소설은 1933년 10월, 히틀러가 이미 권좌에 오른 시기에 출간되었다. 그의 책들은 서점과 도서관에서 회수되어 종이 파쇄기로 들어갔다. 작가는 '수상한 자'로 낙인찍혔다. 그는 하물며 유대인도 아니었다. 대체 뭘 비난받아야 했던가. 한마디로 책의 우아함과 멜랑콜리가 문제였다. 한 편지에서 털어놓은 것처럼, 그가 지닌 유일한 야심은 '어떤 시각들이 느껴지게 하는 것, 특히 저녁 여덟시와 자정 사이, 항구 주변에 찾아드는 그 시간의 감촉이 느껴지도록, 내 청춘을 보낸 브레멘의 선창가를 그리는 것. 영화에서처럼 잇달아 지나가는 짧은 장면들, 거기 얽히는 생애들, 그 모두가 가볍게 흐르는 듯, 짙은 분위기 속에 회화적으로, 서정적으로, 아주 느슨하게 연결된 전체로 감지되게' 묘사하는 것이었다.

전쟁의 막바지에 이르러 소련 군대가 진군해들어올 때, 그는 베를린 교외에 살고 있었다. 1945년 5월 2일, 길에서 러시아 군인 두 명이 그에게 신분증을 보자고 하더니 다짜고짜 그를 공원으로 그를 끌고 가서, 아군인지 적군인지 알아볼 틈도 없이 사살해버렸다. 인근 주민들이 그의 시신을 좀 떨어진 곳으로 옮겨서 자작나무 그늘 아래 묻어주고 그의 유품을 경찰에 전달했다. 신분증과 모자였다.

다른 독일 작가 펠릭스 하르트라우프, 그도 역시 프리도 람페와 마찬가지로 브레멘 출신이다. 1913년에 태어났고 독일 군인으로 파리에서 점령기를 보냈다. 그는 전쟁과 자신의 녹청색 군복을 지독히 혐오했다. 나는 그에 대해 많이 알지는 못한다. 그가 남긴 소책자의 일부를 발췌하여 번역해놓은 글을 1950년대의 한 잡지에서 읽은 정도이다. 『눈에 보이는 밑바닥』이라는 그 책의 초고는 1945년에 그의 누이에게 위탁되었다. 내가 읽은 발췌글의 제목은 '메모와 인상들'. 그는 파리의 한 기차역 식당과 거기 드나드는 인물 군상을 관찰한다. 또 점령군 부서들이 들어와 정착할 당시, 먼지 속에 버려져 있던 프랑스 외무성의 모습도

관찰한다. 황막하게 철수된 백여 칸의 사무실과 불켜진 채로 방치된 샹들리에, 정적 속에서도 끊임없이 종을 쳐대는 그 많은 추시계들. 저녁이면 그는 전쟁을 잊고 파리의 거리들에 섞여들기 위해 평복으로 갈아입었다. 그는 자신의 야밤 행로를 우리에게 소개한다. 외무성 건물에서 멀지 않은 솔페리노 역에서 지하철을 탄다. 강 너머로 몇 정거장을 올라가 트리니테 역에서 내린다. 밤이다. 그리고 여름. 무더운 공기. 컴컴한 소등 시간에 클리시 가를 따라 올라간다. 사창가의 소파에 기대어, 조롱과 고독에 찬 기분으로 잠시 어느 티롤리언 모자에 주목한다. 여자들 행렬이 지나간다. '그녀들은 다른 곳에 있다. 클로로포름에 마취된 몽유병자들처럼. 모든 게 너무 데워진 열대 어항 속으로 빠져든 듯 낯선 빛 가운데 잠긴다.'

그 자신도 다른 곳에 있었다. 그는 멀리서 모든 걸 관찰한다. 전쟁중인 이 세계는 그 자신과 아무 상관이 없다는 듯, 일상의 소소한 디테일과 감촉들에 온 신경을 쏟으면서 동시에 그는 멀리 떨어져 있다. 주위에서 돌아가는 모든 것에 낯선 이방인, 그도 프리도 람페처럼 1945년 봄에 베를린에서 죽었다. 서른둘의 나이로 2차대전의 최종 전투들의 와중에서, 어쩌다 하늘의 실수로 그가 참여하게 된 살육의 세계, 종말적인 그 세계에서 부득불 입어야만 했으나 자신의 옷은 아니었던 녹청색 군복을 입고서 그는 죽었다.

자 이제, 다른 어느 작가보다도 유독 로제 질베르 르콩트가 생각나는 까닭을 말해야겠다. 이 시인도 앞의 두 사람과 같은 시대에 치명적인 벼락을 맞았다. 마치 누구라도 몇몇은 피뢰침 구실을 해주어야 다른 사람들이 무사할 수 있는 것처럼, 그렇게 그는 희생되었다.

나는 이 시인이 지나갔던 길들을 수차 엇갈려 지나친 적이 있었다. 같은 나이에 그가 그랬듯, 나는 파리의 남쪽 경계선 구역을 드나들었다. 오를레앙 진입로, 브륀 대로, 알레지아 가, 프리마베라 호텔, 부아 베르트 가…… 그는 1938년까지 독일계 유대인 여자, 루트 크로넨베르크와 이 구역에서 살았다. 그러다 1939년 그녀와 함께 약간 시내 쪽으로 들어와, 바르디네 가의 아틀리에로 거처를 옮겼다. 나는 로제 질베르 르콩트가 나보다 한 발 앞서 지나갔다는 사실을 모르는 채 수없이 같은 길들을 지나다녔다. 센 강 북쪽 몽마르트르 구역에서도, 1965년 나는 오후 내내 콜랭쿠르 골목 모퉁이의 카페가 아니면 그 막다른 골목의 맨 구석에 자리한 호텔방에서 시간을 보냈는데, 그땐 미처 몰랐지만 삼십 년 전 로제 질베르 르콩트도 나처럼 그곳에 살았었다.

같은 시기에 나는 장 퓌요베르라는 의사를 알게 되었다. 양쪽

폐에 막이 낀 듯하여 그에게 연락해서, 군복무를 면제받도록 진단서를 끊어줄 수 있겠냐고 물었다. 그는 당시에 일하고 있던 병원으로 나를 오라고 하여 엑스레이 사진을 찍었다. 폐에는 아무 이상이 없었다. 단지 나는 군대를 빠지고 싶었던 것이다. 전쟁은 없었으니 목숨 때문은 아니었다. 난 이미 열한 살부터 열일곱까지 기숙사에서 겪을 만큼 겪었는데 또 병영의 삶이라니, 생각만 해도 참을 수가 없었다.

그후로 장 퓌요베르 의사가 어찌 되었는가는 모르겠다. 그를 만나고 나서 십 년 남짓한 세월이 흐른 뒤에야 나는 그가 로제 질베르 르콩트의 막역한 친구이며, 로제 역시 내 나이쯤에 그를 찾아와 나와 같은 부탁을 했다는 사실을 알게 되었다. 군대에 가지 않으려고 늑막염을 앓고 있다는 진단서를 만들어달라 했다는 것이다.

로제 질베르 르콩트…… 그는 강점기의 파리에서 생애의 마지막 몇 년을 연명했다. 그의 연인 루트 크로넨베르크는 1942년 7월, 콜리우르 해변에서 바캉스를 보내고 돌아오는 길에 자유지대에서 체포되었다. 그녀는 9월 11일 열차편으로 도라 브루더보다 한 주 앞서 아우슈비츠로 떠났다. 쾰른에서 태어난 그녀는 1935년경 독일 인종법을 피하려고 스무 살에 파리로 건너왔다. 연극과 시를 좋아했고 옷 만드는 기술을 배워서 무대 의상을 지었다. 그녀는 몽파르나스의 숱한 예술가들 틈에서 로제를 만났다.

루트가 떠나고, 로제는 혼자 아틀리에에서의 삶을 이어갔다. 얼마 후 길 건너에서 카페를 열고 있는 피르마 부인이 그를 거두어 보살펴주었다. 로제는 이제 한낱 그림자에 불과했다. 1942년 초가을부터 그는 기진맥진한 몰골로 파리 북서쪽 변두리를 가로질러 콜롱브 숲까지 원정을 다녔다. 브레아부안이라는 의사를 찾아가 약간의 헤로인 처방을 얻어내려고, 헐떡거리며 그가 왕래하는 모습은 곧 사람들 눈에 띄었다. 그는 체포되어 1942년 10월 21일 상테 감옥에 수감되었다. 11월 19일까지 감옥 치료소에 기거하다가 다음달 경범죄 재판 법정으로 출두하라는 소환장을 손에 들고 그는 풀려났다. 죄목은 '1942년에 파리, 콜롱브, 콜롱브 숲, 아니에르 등지에서 불법으로, 하등 정당한 이유 없이, 헤로인, 모르핀, 코카인 등의 마약을 구입하여 소지했다'는 것이었다.

1943년초 그는 파리 근교의 에피네 치료소에 한동안 머물렀다. 피르마 부인이 그를 데려와 카페 위층에 유숙시켰다. 그가 치료소에 있는 동안, 그의 아틀리에를 빌려 썼던 여학생이 모르핀 병이 잔뜩 든 상자를 놓고 떠났다. 그는 조금씩 그걸 사용했다. 나는 그 여학생의 이름은 알아내지 못했다.

1943년의 마지막 날, 그는 서른여섯 나이에 파상풍으로 인근의 브루세 병원에서 생을 마쳤다. 전쟁이 발발하기 몇 년 전에 그가 발표한 시집 두 권 중 하나는 이런 제목이었다. 『삶, 사랑, 죽음, 공허, 그리고 바람』.

내가 만나보지 못한 많은 친구들이 1945년 내가 세상에 태어난 해에 사라졌다.

어렸을 때 살았던 아파트는 콩티 강변로 15번지 건물에 있었다. 내 아버지는 1942년부터 이 아파트에 살고 있었고 그보다 한 해 전에는 모리스 삭스*가 같은 아파트에 살았었다. 안뜰 쪽으로 내가 어려서 쓰던 방을 포함하여 두 개의 방이 있었다. 모리스 삭스는 이 안쪽의 두 방을 '인도 혹소(zebu)'라는 별명을 가진 사내에게 빌려주었다고 한다. 혹소는 거기서 한 떼의 어중이떠중이들을 맞이했다. '극단을 만들겠다는 꿈으로 자고새는 젊은 배우들과 갓 글쓰기를 시작한 청춘 남녀들의 도당'이었다. 인도 혹소의 본명은 알베르 시아키, 성을 뺀 이름은 내 아버지와 같았다. 그는 또 아버지처럼 살로니카(그리스) 출신의 이탈리아

* 1930~40년대에 여러 이유로 유명했던 작가. 사기꾼에 동성애자, 라디오 아나운서, 소설가, 밀매업자, 유대인이면서 게슈타포 앞잡이로 활동하며 각종 화제를 뿌리다가 1945년 죽은 것으로 알려져 있다.

계 유대인 집안의 자식으로 1938년 스물한 살에, 삼십 년 후 같은 나이에 나도 그럴 것처럼, 갈리마르 출판사에서 '프랑수아 베르네' 라는 가명으로 첫 소설을 냈다. 그리고 오래지 않아 레지스탕스에 들어갔다. 독일 군인들이 그를 체포했다. 그는 파리 근교의 프렌 감옥으로 끌려가 제2분동 218호 감방 벽에다 이런 글을 남겼다. '인도 혹소 44. 2. 10. 체포되다. 석 달째 혹독한 다이어트중. 5월 9일부터 28일까지 심문받고 6월 8일, 연합군 상륙 이틀 후, 검진받다.'

인도 혹소는 1944년 7월 2일 열차편으로 콩피엔 수용소를 떠나 다음해 3월 다하우에서 죽었다.

그렇게 한 아파트에서 모리스 삭스는 황금 밀매에 빠져들었고, 내 아버지는 가짜 신분으로 숨어지냈으며, 한때 인도 혹소는 내 어린 시절의 방을 차지하고 있었다. 많은 사람들이 이 혹소처럼 내가 태어나기 전에 모든 고통을 다 치르고 떠났다. 그들이 치르고 떠난 고통의 덕으로 우리에겐 자잘한 슬픔만이 남겨졌다. 나는 열여덟 살에 이미 그걸 알았다. 아버지와 함께 경찰 호송차에 실려가는 길에서, 다른 노정들의 하찮은 반복이자 패러디에 불과했던 그 노정에서 나는 알았다. 같은 호송차로 같은 경찰서에 실려갔지만 그들은 결코 나처럼 두 발로 걸어 집에 돌아오지 못했다는 것을.

어느 12월 31일 오후가 저물어갈 때였다. 오늘처럼 밤이 일찍 찾아왔고 나는 스물세 살이었다. 나는 페르디에르 의사를 찾아갔다. 이 의사는 고뇌와 불안으로 터질 것 같았던 내 청춘 시절에 가장 이해심을 보여준 사람이었다. 한때는 남프랑스의 로데즈 정신병원에서 앙토냉 아르토를 맡아 최대한 치료에 애쓴 분이라는 것도 나는 막연히 들어 알고 있었다. 그날 저녁, 뜻하지 않은 우연의 일치가 나를 놀라게 했다. 의사 선생께 드리려고 나는 처녀작 『에투알 광장』 한 권을 가져갔다. 그는 책을 받고서는 꽤나 놀라는 기색이었다. 그는 책장으로 걸어가더니 회색 표지의 얇은 책을 뽑아서 내게 보여줬다. 로베르 데스노스*의 『에투알 광장』. 페르디에르 의사는 이 작가와 절친한 사이였고 더욱이 1945년 로데즈에서 바로 이 책자를 편집하여 출간한 사람이기도 했다. 『에투알 광장』은 저자가 테르쟁 수용소에서 죽음을 맞고 나서 몇 달이 지난 후 세상에 나왔다. 내가 태어난 해였다. 나는 데스노스가 『에투알 광장』을 썼다는 사실을 모르고 자라났다. 그럴 의도는 없었지만 나는 그의 제목을 훔친 셈이었다.

---

* Robert Desnos : 몽환적인 초현실주의 시인.

19

한 친구가 뉴욕의 이보(Yivo) 유대연구소 학회 문서보관실에서 도라 브루더의 자료를 찾아낸 것은 두 달 전이다. 그 자료는 독일 강점기에 생겨난 조직인 '프랑스 이스라엘인 총연합(UGIF)'의 유물더미 속에 묻혀 있었다.

3 L/SBL/

1942년 6월 17일

0032

살로몬 양에게 보내는 메모.

도라 브루더는 금월 15일, 클리냥쿠르 구역 경찰서의 감독하에 다시 모친에게 넘겨졌습니다.

거듭되는 도주 행위로 보아 그녀를 아동감화원에 수용시키도록 하는 것이 적절해 보입니다.

아버지의 억류와 어머니의 적빈 상태를 감안해볼 때, 누군가 요청한다면 경찰의 민생구호단(제브르 강변로)에서 필요한 조치를 취할 것입니다.

도라는 그러니까 같은 해 4월 17일에 어머니 거처로 돌아온 후에도 다시 도주길에 올랐다. 그녀의 2차 혹은 3차 도주가 얼마나 오래 지속되었는가는 알 수 없다. 한 달이나 한 달 반? 일주일? 어디서, 어떤 상황에서 다시 체포되어 클리냥쿠르 경찰서로 넘겨졌는가도 미궁이다.

6월 7일부터 유대인들은 노란별을 달아야 했다. 성이 A와 B로 시작되는 유대인 가족은 그 법령이 떨어진 6월 2일 화요일부터 별을 받으러 경찰서에 갔다. 그들은 단지 이 목적을 위하여 새로 개설된 특수 등록대장에 서명을 했다. 그렇다면 도라 브루더는 어디선가 붙잡혀 경찰서에 넘겨진 날, 가슴에 노란별을 달고 있었을까? 그녀 사촌의 얘기를 떠올려보면 아무래도 아닐 듯싶다. 반항적이고 독자적인 기질, 다분히 방탕기를 지닌 아이. 그녀는 6월이 오기도 전에 탕아의 길로 다시 빠져들었을 가능성이 농후하다.

별을 달지 않았다고 그녀는 체포되었을까? 나는 1942년 6월 2일자 공문서를 찾아냈다. 문제의 배지 착용에 관한 제 8 규정 법규를 위반했을 경우, 현장에서 검거된 자들의 운명에 대해 공문은 꽤 상세히 기술해놓았다.

사법 경찰국장 및 시경국장 지령

피수령자 : 파리 관할내 각 경찰국장, 각 구의 공용도로 경찰반장, 각 구역 경찰서장, 기타 시경 부서들 및 사법 경찰국 부서들 일체. (문의처 : 일반정보국, 기술업무국, 외국인 및 유대인 문제 담당국 등)

시행절차

1.유대인, 18세 이상 남자의 경우.

이에 해당하는 모든 위반자는 공용도로 경찰반장의 책임하에 구치소로 호송될 것인바, 각 개인별 특수 호송 지시서 2부가 작성되어야 하고 (원부와 사본 1부, 후자는 교통치안 공사의 구치과장 루 씨 앞으로), 이 서류에는 체포 장소와 날짜, 시각, 정황 경위를 비롯하여 수감 조치된 자의 성과 이름, 출생년월일과 장소, 가족 상황, 직업, 거주지, 국적이 명시되어야 함.

2. 16세 이상 18세 미만 남녀 미성년자 및 유대인 여자.

이들 경우도 역시 공용도로 경찰반장의 책임하에 상기된 양식 절차에 따라 구치소로 호송될 것임.

구치소는 연중 무휴로 호송 지시서의 원부들을 '외국인 및 유대인 문제 담당국'으로 발송할 것이며, 여기서 독일 당국자의 의견을 참고하여 각 경우에 관한 판결이 내려질 것이다. 이 담당국의 문서화된 지시 명령 없이는 구치소에서 어떤 석방 조치도 이행될 수 없다.

사법 경찰국장 탕기

시경국장 엔캥

그 6월에만도 도라와 같은 십대들이 수백 명 체포되었다. 탕기 씨와 엔캥 씨의 엄중하고 면밀한 지령에 따라 아무 길에서나 체포된 그애들은 파리 경찰청 구치소를 거쳐 드랑시로, 아우슈비츠로 보내졌다. '개인별 특수 호송 지시서들'은 교통치안 공사의 루 씨에게 전달된 사본들까지 포함하여 전쟁이 끝나자 모두 파기되었고, 어쩌면 체포 규모가 늘어남에 따라 점차적으로 파기되었을 가능성도 있다. 그러나 실수로 잊혀지는 바람에 몇 개는 살아남았다.

보고서

1942년 8월 25일,

본 형사는 유대인 징표를 착용하지 않은 아래 사람들을 구치소로 보낸다.

에스터 스터만, 1926년 6월 13일 파리 12구 출생, 프랑 부르주아 가 42번지, 파리 4구.

벤야민 로츠타인, 1922년 12월 19일 바르샤바 출생, 프랑 부르주아 가 5번지, 파리 4구.

이상은 일반정보국 3분과 형사들에 의해 오스테를리츠 역에서 체포되었음.

다음은 1942년 9월 1일자로 날인된 경찰 보고서.

특수 수사반 형사반장님 귀하, 퀴리니에 형사와 라잘 형사로부터.

우리는 이하 기술된 루이즈 야콥슨을 귀하의 처분에 맡깁니다. 루이즈 야콥슨은 1924년 12월 24일 파리에서 태어나 …… 1925

년 귀화에 의한 프랑스 국적자가 되었고, 유대 인종이며, 미혼녀입니다.

모친과 함께 파리 11구의 불레 가 8번지에 거주, 학생.

금일 오후 2시경, 모친 거처에서 그녀를 체포한 경위는 아래와 같습니다.

본 형사들이 위에 적힌 장소에서 거주자 탐문조사를 수행하고 있는 시각에 야콥슨 양이 집으로 들어왔고, 그때 우리는 독일 법령이 요구하는 그녀가 유대인 고유의 징표를 달고 있지 않음을 알아챘습니다.

그녀는 오전 8시 30분에 집을 나가, 앙리 4세 고등학교(클로비스 가)의 대입 준비반 수업에 갔었다고 우리에게 진술했습니다.

특히나 이웃 사람들이 진술한 바로, 이 젊은 여성은 수시로 그 징표를 달지 않고 외출했다고 합니다.

야콥슨 양은 본 경찰반 기록뿐 아니라 사법 경찰국 신원 조사계에도 올라 있지 않습니다.

1944년 5월 17일.

어제 오후 10시 45분, 순찰중이던 18구 순경 둘이 프랑스계 유대인을 체포했다. 쥘 바르만, 1925년 3월 25일 파리 10구 출생, 뤼소 가 40-2번지 거주(18구). 이 청년은 노란별을 달지 않은 채로 두 순경이 부르는 소리에 도망쳤다. 순경들은 그를 향해 세 발의 총을 쏘았으나 맞히진 못했고, 청년이 숨어들었던 샤를 노디에 가 12번지 건물 8층에서 그를 체포했다.

그런데 '살로몬 양에게 보내는 메모'에 따르면, 도라 브루더는 다시 모친에게 넘겨졌다. 그날 도라가 별을 달았거나 달지 않았거나 그녀는 엄마 품으로 돌아갔다는 얘기다. 물론 그녀 모친은 벌써 한 주 전부터 별을 달았을 게 분명하다. 그날, 클리냥쿠르 경찰서 사람들은 도라 브루더를 여느 가출 소녀와 달리 취급하진 않았다? 글쎄, 그건 어디까지나 그 경찰서가 '살로몬 양에게 보내는 메모'의 발신처가 아닐 경우에나 믿을 만한 소리다.

살로몬 양의 흔적은 내게 잡히지 않았다. 그녀는 아직 살아 있을까. 그녀는 UGIF에서 일했던 모양이다. 프랑스 이스라엘인 총연합은 프랑스 국적을 보유한 히브리인 유력가 집단이 이끌었던 조직으로 점령 치하에서 유대 공동체를 위한 구호사업들이 집결되었던 곳이다. 실제로 이 조직이 많은 수의 유대인에게 도움을 준 것은 사실이나 불행히도 모호한 기원을 갖고 있었다. 애초에 독일군과 비시 정부의 주도로 결성되었기 때문이다. 독일군 수뇌부는 앞서 폴란드 도시들에 박아놓은 '유덴라트(유대인 협의회)'와 마찬가지로, 그런 조직을 자기네 통제하에 두는 편이 궁극적으로 유리하다고 판단했던 것이다.

UGIF에 속하는 유력가 계층과 직원들은 이른바 '공인증' 카드라는 것을 소지하여 불시의 검거사태와 억류조치로부터 보호받았다. 그러나 머지않아 이 특권마저도 허망한 것임이 드러났다. 1943년부터 UGIF 대표들과 조직원 수백 명이 체포되어 집단수용소로 넘겨졌다. 이들 명단에서 나는 알리스 살로몬을 발견했다. 자유지대에서 일했던 여자, 이 살로몬이 도라 건에 대한 메모를 받은 살로몬 양인가, 나로선 의심스럽다.

누가 그 메모를 썼을까. UGIF 조직에 고용된 자. 그렇다면 UGIF에서는 얼마 전부터 도라 브루더와 그녀 부모의 존재를 알고 있었다는 것. 아마 십중팔구는 세실 브루더, 도라의 어머니가 어쩔 도리 없는 상황에서 이 조직에 호소했을 것이다. 매순간 불안의 한계를 살아야 했고 그러면서도 달리 호소할 데라고는 없었던 숱한 유대인들처럼 그녀도 그게 유일한 길이라 여겼을 것이다. UGIF는 또한 3월부터 드랑시에 억류되어 있는 남편의 소식을 알아보는 창구, 그에게 소포라도 전할 수 있는 그나마 유일한 창구였다. UGIF의 도움으로 마침내 딸을 찾게 되기를, 그녀는 기대했으리라.

'누군가 요청한다면 경찰의 민생구호단에서 필요한 조치를 취할 것입니다'.

스무 명의 여성 단원으로 채워진 민생구호단은 1942년 당시, 사법 경찰국의 미성년자 보호반에 속해 있는 비교적 자율적인 분과로서 여성 구호단장에 의해 통솔되었다.

나는 그 시대에 찍은 그녀들 사진을 구했다. 스물다섯쯤 되어 보이는 여자 둘이 검정색 혹은 짙은 감청색 외투를 걸치고 챙 없는 캐롯모자를 쓴 모습이었다. 모자를 장식하는 작은 두 개의 P자는 경찰 마크. 왼편 여자는 어깨까지 내려오는 갈색 머리, 손에는 구호 바랑을 들었다. 오른편 여자는 입술에 루주를 칠한 것 같다. 갈색 머리의 뒤편 담벽 위에 '경찰 구호단' 이라고 적힌 금속 표지판이 보인다. 그 아래로 화살표, 그 아래 '아홉시 반부터 정오까지 연중 무휴' , 더 아래쪽에 있는 표지판 글자들은 갈색 머리와 모자에 반 이상 가려 있다. 그럼에도 읽을 수 있는 부분은,

분과 E……

감찰관실

⇒복도 우측 문……

이 문의 번호는 누구도 읽을 수 없다.

20

나는 계속 의문이 든다. 도라가 클리냥쿠르 경찰서에 잡혀 있던 6월 15일부터 '살로몬 양에게 보내는 메모'의 날짜인 17일까지, 그 사이에 무슨 일이 있었나. 경찰들은 그녀가 어머니와 함께 나가도록 그냥 놓아주었을까.

만약 그렇게 경찰서를 벗어나 오르나노 대로의 호텔방으로 돌아올 수 있었다면, 돌아오는 길은 아주 가까웠다. 에르멜 가를 쭈욱 따라오기만 하면 되었다. 만약 실제로 그랬다면, 살로몬 양이 민생구호단에 연락을 취한 결과로 사흘 뒤 거기서 도라를 찾아와 데려갔다는 얘기가 될 것이다.

그러나 내 느낌으론 상황이 그처럼 단순하게 진행되지는 않았다. 나는 자주 에르멜 가를 두 방향으로 걸어보았다. 몽마르트르 언덕 쪽으로, 오르나노 대로를 향하여, 아무리 두 눈을 꾹 감고 상상해보려 해도 소용이 없었다. 6월의 어느 햇살 좋은 오후에 이 길을 걸어서 아무 일도 없었던 것처럼 셋방 호텔로 돌아가는 도라와 그녀 어머니의 모습은 아무래도 상상되지 않았다.

6월 15일 클리냥쿠르 구역 경찰서, 내 느낌으론 여기서 지옥의 톱니바퀴가 돌아가기 시작했다. 도라도 어머니도 어찌해볼 수 없었던 톱니바퀴. 간혹 아이들은 어른들보다 훨씬 강렬하게 자기주장의 욕구를 느낀다. 싫은 순간이 닥치면 훨씬 사납게 아수라 같은 행동을 취하기도 한다. 그들은 부모를 멀리, 아주 멀리 앞지른다. 그러면 부모는 더이상 그들을 보호해줄 수가 없다.

경찰서, 살로몬 양, 민생구호단, 독일 법령과 프랑스 법제들, 이 모든 것들 앞에서 세실 브루더는 한없이 상처받기 쉬운 자신을 보았을 것이다. 그녀가 달아야 했던 노란별과 드랑시 수용소에 끌려간 남편, 자신의 '적빈 상태', 그리고 도라, 몇 차례나 가족의 그물을 찢어버리려 했던 이 반항아까지. 그녀는 속수무책이었다.

'거듭되는 도주 행위로 보아 그녀를 아동감화원에 수용시키도록 하는 것이 적절해 보입니다'.

그 시대의 관례에 따라 도라는 클리냥쿠르 경찰서에서 파리 경찰청 구치소로 넘겨졌을 것이다. 거기서 그녀는 조그만 창이 달린 큰 유치실과 감방들을 보았고 유대인, 창녀, 일반 죄수와 정치범 무리가 뒤죽박죽 널려 있는 거적대기 위의 삶을 겪었다. 시궁창 같은 여자들과 구역질 나는 냄새, 끔찍한 여간수들도 겪었다. 검은 옷에 청색 두건을 두른 이 끔찍한 수녀들한테서 그 어떤 자비도 기대해선 안 된다.

그게 아니라면, 도라는 제브르 강변로의 민생구호단으로 실려갔을 것이다. 아홉시 반부터 정오까지 연중 무휴. 그녀는 복도를 따라 우측의, 번호를 알 수 없는 문까지 갔으리라.

여하튼 1942년 6월 19일이었다. 이날 어느 시각쯤에 그녀는 창살 박힌 호송차에 올라탔다. 차 안에는 그녀 또래의 여자애 다섯 명이 실려 있었다. 이 다섯 소녀가 이미 실려 있었던 게 아니라면 호송차가 구역 경찰서를 돌면서 그애들을 실었을 것이다. 호송차는 투렐 억류 센터를 향해서 달렸다. 포르트 데 릴라, 모르티에 대로……

21

겉표지에 '여(女)' 라고 씌어진 투렐의 1942년 수감자 명부는 오늘까지 남아 있다. 그녀들은 투렐에 도착한 순으로 거기에 이름이 올라갔다. 레지스탕스 활동을 했거나 공산주의 추종자라는 이유로 체포된 여자들, 그리고 1942년 8월까지는 독일군 법령을 따르지 않은 유대인 여자들이 주로 명부를 채웠다. 저녁 여덟시 이후 외출 금지령을 어긴 여자, 노란별을 달지 않은 여자, 점령 분기선을 넘어 자유지대로 도망치려 했던 여자, 전화 사용 금지령을 무시하고 전화를 건 여자, 소유가 금지된 자전거나 라디오를 숨겨놓았던 여자……

1942년 6월 19일자 기록을 보면,

439. 42. 6. 19. 5th. 브루더 도라. 26. 2. 25. 파리 12구. 프랑스인. 여. 오르나노 대로 41번지. J. xx 드랑시 42/8/13.

그 아래로 이어지는 기록은 같은 날짜에 수감된 도라 나이의 다섯 소녀들 이름이다.

440. 42. 6.19. 5th. 위너베트 클로딘, 24. 11. 26. 파리 9구, 프랑스인. 여. 무안 가 82번지. J. xx 드랑시 42/8/13.

1. 440-1. 42. 6. 19. 5th. 슈트롤리츠 젤리. 26. 2. 4. 파리 11구. 프랑스인. 여. 몰리에르 가 48번지. 몽트뢰유. J. xx 드랑시 42/8/13.

2. 440-2. 42. 6. 19. 이스라엘로비치 라카. 24. 7. 19. 로츠(폴란드). J. (길 이름 읽을 수 없음) 26번지. 독일 군당국으로 재호송 42/7/19.

3. 440-3. 나호마노비치 마르트. 25. 3. 23. 파리. 프랑스인. 여. 마르카데 가 258번지. J. xx 드랑시 42/8/13.

4. 440-4. 42. 6. 19. 5th. 피튠 이본. 25. 1. 27. 알제. 프랑스인. 여. 마르셀 상바 가 3번지. J. xx 드랑시 42/8/13.

투렐 헌병대는 그녀들 각각에게 수감번호를 주었다. 도라 브루더는 439를 받았다. 5th는 뭘 지시하는 숫자인지 모호하다. 알파벳 J는 유대인을 뜻했고 드랑시 42/8/13은 매번 마지막에 첨가되었다. 앞으로 계속 당도할 수감자들까지 합쳐서 삼백 명의 유대인 여자들이 1942년 8월 13일 투렐에서 드랑시로 이송될 예정이었다.

22

6월 19일 목요일, 도라가 투렐에 도착한 바로 그날, 점심 때가 조금 지나서 모든 여자들은 수용소 마당으로 집결하라는 지시가 떨어졌다. 독일군 장교 셋이 나타났다. 18세 이상 40세 이하 유대인은 일렬 횡대로 정렬, 뒤로 돌아 섯, 하고 누군가 명령했다. 독일 장교 하나는 이들의 총 명단을 이미 손에 들고 있었다. 그는 차례로 이름을 불렀고, 나머지는 다시 내무반으로 올라갔다. 이렇게 다른 동료들로부터 분리된 수는 칠십 명, 그녀들은 아무것도 없는 커다란 방에 갇혔다. 침대도 없고, 의자도 없고, 헌병대 보초들이 문을 지키는 그 방에서 완전 격리된 사흘 밤낮이 흘러갔다.

6월 22일 일요일이 왔다. 새벽 다섯시. 버스 몇 대가 그녀들을 태우고 드랑시 방향으로 떠났다. 같은 날 그녀들은 구백 명이 넘는 남자들과 함께 열차에 올랐다. 여자들을 싣고 프랑스 땅을 떠난 첫번째 이송 열차였다. 투렐에는 공포가 감돌았다. 뭐라 불러야 할지 알 수 없었고 순간순간 잊혀지기도 했던 그 공포는 차츰 유대인 여자들에게 구체화되었다. 도라는 첫 사흘간 그 짓누르는 유형지의 기후를 경험했다. 아직 컴컴한 일요일 새벽이었다. 다른 동료들처럼 봉쇄된 창에 매달려 그녀는 일흔 명의 여자들이 떠나가는 광경을 보았다.

한 경찰 관리가 도라 브루더를 그곳에 넣으라는 호송 지시서를 작성했다. 6월 18일이나 19일 낮, 클리냥쿠르 구역 경찰서가 아니면 제브르 강변로에서 생겨난 일이었다. 그는 규정에 어긋나지 않게 서류 두 부를 작성하여 고무 도장과 서명으로 마무리한 뒤 호송차 지휘관에게 건네주었다. 서명하는 순간에 그는 제 손놀림의 결과를 짐작이나 했을까. 그에게는 결국 의례적인 서명에 불과했겠지. 게다가 이 어린 소녀가 호송될 장소도 예전과 다름없이 안심할 만한 호칭으로 불리고 있었다. 유숙처. 감호 체류 센터. 파리 경찰청에서 쓰던 어휘는 그러했다.

나는 그 일요일 새벽 다섯시에 떠나간 몇몇 여자들의 신분을 확인해볼 수 있었다. 목요일에 도착한 도라와는 잠시 스쳤을 뿐,

투렐에서 그녀들의 길은 엇갈렸다.

클로드 블로흐는 서른둘이었다. 1941년 12월에 체포된 남편 소식을 구하러 게슈타포 본부가 있는 포슈 대로(개선문에서 뻗어나가는 방사선 대로 중 하나)에 갔다가 그녀도 체포되었다. 그녀는 1942년 6월 22일의 열차칸에서 살아남은 유일한 사람이다.

조제트 델리말은 스물한 살, 경찰청 구치소에서 클로드 블로흐와 만났다. 그녀들은 곧 친해졌고 같은 날짜에 투렐로 넘겨졌다. 클로드 블로흐는 이렇게 회고한다. "조제트는 전쟁 전에도 굉장히 힘든 삶을 살았어요, 그래서 흔히 행복한 추억들이 우리 몸 속에 불어넣는 에너지를 갖고 있지 못했지요, 완전히 주저앉은 상태였어요, 난 최선을 다해 기운을 북돋워주려 했지만, (…) 내무반으로 인도되어 각자 침상을 배당받을 때는 제발 우리를 떼어놓지 말아달라고, 난 그들에게 간청했어요. 우린 아우슈비츠까지도 꼭 붙어갔는데 거기서 그만, 티푸스가 그애를 앗아갔지요." 조제트 델리말에 관해서는 이게 전부이다. 나는 그녀를 좀더 많이 알고 싶다.

타마라 이셀리스, 스물넷. 그녀는 의대생이었다. 대학 근처의 클뤼니 지하철역에서 '다윗의 별 아래 프랑스 국기를 달았다'는 이유로 체포되었다. 운좋게도 발견된 그녀의 신분증에 의하면, 그녀는 생클루 뷔젠발 가 10번지에 살았고, 계란형 얼굴에 금빛

도는 갈색 머리와 검은 눈을 가졌다.

이다 레빈, 스물아홉. 그녀 가족에게는 약간의 편지가 남아 있다. 구치소에서, 투렐에서, 그녀는 집으로 편지를 보냈다. 그리고 최후의 편지는 로렌 지방의 바르 르 뒤 역에서 기차 밖으로 던져졌다. 철도원이 그걸 주워 우체통에 넣었다. 그녀는 이렇게 썼다. "나는 어딘가로 가는 중이에요. 목적지는 알 수 없지만 내가 이 글을 쓰는 동안에도 기차는 계속 동쪽으로 달려요. 정말 아주 멀리 가려는지……"

헤나. 나는 그냥 애칭으로 그녀를 부르겠다. 헤나는 열아홉이었다. 남자친구와 의기투합하여 남의 아파트를 털었던 까닭에 경찰 손으로 떨어졌다. 이 십대의 강도 커플은 당시 돈으로 무려 십오만 프랑과 보석들을 훔쳤다. 헤나의 꿈은 이 돈을 가지고 프랑스를 뜨는 것, 그녀 삶을 짓누르는 위협들로부터 벗어나는 것이었을 터이다. 헤나는 경범 재판소에서 실형을 선고받았다. 절도죄에 유대인이라는 죄목이 더해져 보통 감옥이 아닌 투렐로 보내졌다. 나는 헤나의 도둑질에 깊은 연대감을 느낀다. 1942년, 내 아버지도 몇 친구와 공모하여 개선문 너머의 '위대한 군대' 대로변에 있는 SKF사(볼베어링 생산을 전문으로 하는 스웨덴 업체) 물품 창고를 털었다. 그들은 트럭 가득이 베어링 박스를 싣고서 자신들의 암거래 소굴이 있는 오슈 대로까지 단숨에 내

달렸다. 독일 법령들과 비시 정부법, 각종 신문기사들, 모두가 아버지 일당에게 선고를 내렸다. 사회의 암적 존재이자 공민 질서의 도략자들이라고. 하지만 그들 자신은 생존하기 위해 무법자로 행동할 수밖에 없는 시대를 살았다. 그들로서는 정당방위였다. 그들은 나름대로 그 행위에 삶과 명예를 걸었고 그런 이유로 나는 그들을 좋아한다.

헤나에 관해 알려진 다른 정보는 거의 무(無)에 가깝다. 1922년 12월 11일 폴란드 프루즈코에서 출생, 파리 11구 오베르캄프가 142번지에 거주. 이 비탈진 길은 나도 그녀처럼 자주 걸었던 길이다.

아네트 젤만. 스물하나. 금발머리의 그녀는 북부 기차역 아래, 스트라스부르 대로 58번지에서 한 청년과 동거했다. 장 조지옹, 의대 교수의 아들, 그는 전쟁이 발발하기 얼마 전 친구들과 함께 창간한 초현실주의 잡지 『반사경』에 자신의 첫 시들을 발표했다.

아네트 젤만과 장 조지옹은 1942년 플로르 카페에 자주 모습을 나타냈다. 그들은 늘 붙어다녔고 얼마 동안은 자유지대로 함께 피신하기도 했었다. 그러다 불행이 그들 위로 떨어졌다. 불행의 요지는 한 게슈타포 장교가 남겨놓은 보고 서한에 짧게 언급되어 있다.

1942년 5월 21일.

비유대인과 유대인 사이의 결혼 건.

나는 프랑스인(아리안족) 장 조지옹에 관한 다음과 같은 사실을 알았다. 파리에 거주하는 24세의 철학도 장 조지옹은 오순절 휴가기간에 유대인 여자와 결혼하려는 의도를 품고 있다. 아네트 말카 젤만, 1921년 10월 6일 낭시에서 출생했다.

장 조지옹 군의 부모는 어떤 식으로든 이 결합을 막으려 했으나 방책이 없었다.

하여, 나는 예방 조치로 유대인 젤만 양을 체포하도록 명했다. 아울러 투렐 수용소에 구금시킬 것을……

프랑스 경찰 파일에는 이렇게 씌어 있다.

아네트 젤만, 유대인 여, 1921년 10월 6일 낭시 출생. 프랑스인. 1942년 5월 23일 체포됨. 이날부터 6월 10일까지 파리 경찰청 구치소에 수감. 6월 10일 투렐 수용소로 이감되어 21일까지 체류. 6월 22일 독일로 이송됨. 체포 이유는 아리안 남자 장 조지옹과의 결혼 시도. 미래를 약속했던 두 사람은 부친 조지옹 교수의 간곡한 요청에 따라, 포기 각서를 씀으로써 모든 결합의 시도를 단

넘한다는 것을 서약했다. 조지옹 교수는 젤만 양이 신변상의 아무 위험 없이 풀려나 단지 그녀 가족에게 돌아가기를 원했다.

이 조지옹 교수라는 인물은 별 해괴한 수단으로 자식을 단념시키려 했을 뿐 아니라 대체 얼마나 순진했던가. 경찰은 아네트 젤만을 가족에게 돌려보내지 않았다.

장 조지옹은 1944년 가을에 종군 특파원으로 파리를 떠났다. 같은 해 11월 11일자 신문에서 나는 이런 기사를 찾아냈다.

사람을 찾습니다. 〈프랑스 유격대〉 편집국은 동료 기자 한 사람의 실종에 관하여 어떤 제보라도 주시는 분께 감사드릴 것입니다. 조지옹, 1917년 8월 20일 툴루즈 출생, 거주지 파리, 테오도르 드방빌 가 21번지. '프랑스 유격대' 종군기자로서 지난 9월 6일 저항군 출신의 젊은 르콩트 부부와 함께 차를 타고 떠났음. 검정색 시트로엥 11, 전륜구동, 차 번호 RN 6283, 뒤편에 흰색 글자로 '프랑스 유격대'라 씌어 있음.

누군가 내게 전해준 얘기로는, 장 조지옹은 차를 몰고 독일군 종대를 향해 돌진하다가 적군이 미처 반격해오기도 전에 기관총을 있는 대로 갈겨대고 죽음을 맞았다. 죽음, 그는 여기까지 그걸 찾으러 왔던 것이다.

다음해 1945년에 장 조지옹의 책이 출간되었다. 제목은 『한 남자가 도시를 걷는다』.

23

이 년 전 나는 센 강변의 헌책방에 들렀다가 우연히 6월 22일 열차편으로 떠나간 한 남자의 편지를 발견했다. 클로드 블로흐, 조제트 델리말, 타마라 이셀리스, 헤나, 장 조지옹의 연인 아네트와 함께 떠나간 남자의 마지막 편지였다.

편지는 팔려고 내놓은 것이었다. 그저 누군가의 자필 원고로서, 다시 말해 편지의 수신자와 그 가까운 주변 사람들마저도 사라지고 없다는 뜻이었다. 얇은 사각형의 종이는 앞뒷면 깨알 같은 글씨로 덮여 있었다. 드랑시 수용소에서 로베르 타르타코프스키라는 이름의 남자가 쓴 것이었다. 나는 그에 관해 알아보았다. 타르타코프스키 씨는 1902년 11월 24일 오데사에서 태어났고 전쟁 전에는 『삽화』 지의 미술 시평란을 맡아 집필했다. 오늘은 1997년 1월 29일 수요일, 나는 쉰다섯 해 만에 그의 편지를 다시 고스란히 베껴보겠다.

1942년 6월 19일 금요일.
타르타코프스키 부인.
고드프루아 카베냑 가 50번지, 파리 11구.

그저께, 내 이름이 불려졌다오. 이송되는 거요. 오래전부터 마음의 준비는 되어 있었소. 많은 이들이 통곡하고 겁에 질려서, 수용소는 지금 광란 상태라오. 다만 한 가지가 난 걱정스럽구려. 벌써부터 내가 부탁한 옷가지들이 영영 내 손에 들어오지 못하는 게 아닌가, 의류 소포권을 끊어 보낸 지도 꽤 되었는데, 기다리는 물건을 때맞춰 받을 수 있을까? 어머니가 너무 심려하지 않기를 바라오. 다른 가족들도 걱정 말기를. 무사히 돌아가도록 나는 최선을 다하겠소. 혹 소식이 끊기더라도 당신, 너무 불안해하지 말고, 절박한 경우엔 적십자사로 연락하고, 15구 구청 경찰서에 가서 5월 3일에 압류된 서류들을 돌려달라고 하시오. 경찰서는 보지라르 지하철역 근처에 있소. 특히 내 지원 입대 기록부를 챙겨보도록, 군번은 10107. 나는 그게 수용소에 있는지 아닌지 잘 모르겠소. 다시 돌려받을 수 있는지 여부도 모르겠소. 알베르틴의 한정판 판화 한 점을 파리 11구 드게리 가 14번지, 비아노비치 부인 댁으로 꼭 좀 전해주오. 그건 거기에 사는 한 친구에게 배달되는 거요. 그 친구는 당신한테 천이백 프랑을 지불할 게요. 미리 편지로 물건의 도착을 알려놓구려. 판화가는 '세 구역' 화랑에서 무슨 기별을 받게 될 거요. 내가 여기 드랑시에 억류된 공펠 씨에게 미리 선처해놓았으니 아마 그렇게 될 거요. 혹시 화랑 측에서 한정판의 전 작품을 원하더라도 어떻게든 세 점은 따로 남겨놓으라 하시오. 이미 팔렸다고 하든지, 아니면 판형 제작자에게 소정의 권리가 있다고 하든지, 그렇게 말하시오. 주형이 견뎌준다면 대개 예상한 것보다 두 점 가량은 더 뽑아낼 수 있다오. 당신이 너무 고통받지 않았으면 좋겠소. 마르트는 어디 바캉스 여행을 보내면 좋겠구려. 나한테서 아무 소식이 없더라도, 무소식이 결코 나쁜 것만은 아니라오. 이 글이 너무 늦지 않게 당신 손에 들어가면 최대한으로 식량 소포를 보내줘요. 무게는 그다지 검열받지 않을 것 같소. 하지만 유리제품은 모두 반려될 거요. 칼, 포크, 면도날, 만년필 따위는 금물, 바늘도 그렇소. 그런 것들은 내가 알아서 해결하리다. 군용 건빵이나 누룩을 넣지 않은 빵이 좋겠구려. 페르시마지, 이 친구에 대해선 일전에도 내가 얘기했을 거요. 그를 위해 스웨덴 대사관 직원을 한 번 만나보라고 이렌에게 전하시오. 그 친구는 나보다 훨씬 키가 큰 체격인데 완전 누더기 꼴이라오. 가테뇨도 만나볼 것. 그랑드 쇼미에르 가 13번지. 좋은 비누 한두 개와 면도용 거품 비누, 오소리 면도솔, 칫솔, 손 닦는 솔도 필요하고, 아, 모든 게 뒤범벅이구려. 필요한 것과 당신에게 말하고 싶은 것들을 모두 한꺼번에 쓰려다보니. 우리는 거의 천 명쯤 떠난다오. 수용소에는 아리안 인종도 있는데, 그들에게도 강제로 유대인 별을 달게 한다오. 어젠 돈케르 독일 대위가 수용소에 왔었소. 미친 듯이 그를 피하느라 온통 난리였지. 모든 친구들에게 부디 당부하고 싶소. 가능한 빨리 다른 데로 달아나 좋은 공기를 마시라고. 여기선 모든 희망을 버려야 하니까. 대출발에 앞서 콩피에뉴로 가게 될는지, 글쎄 모르겠소. 속옷은 돌려보내지 않고 여기서 내가 빨아 입을 참이오. 많은 사람들의 너무 안이한 태도에 나는 질렸소. 그러다가 거기 도착하면 어떻게 될는지. 기회를 보아 잘츠만 부인을 만나보도록 해요. 절대로 그 어떤 것도 부탁하지 말고 돌아가는 상황 정보만 물어보도록. 어쩌면 나는 그자를 보게 될 거요. 자클린이 석방조치를 얻어내려고 애썼던 그 남자 말이오. 어머니에게 제발 신중히 처신하라고 당부해요. 날마다 체포 사태라고. 이곳엔 열일고여덟 살짜리 애들도 있고 일흔두 살 노인도 있어요. 월요일 오전까지는 당신 소포를 받을 수 있소. 여러 번 보내줘도 괜찮고, UGIF에 전화하시오. 소포가 이리저리 돌아다니게 하지 말고. 통상적인 기관을 통해 전달된 소포들은 쉬 받아들여질 게요. 지난 편지들에서 당신을 두렵게 할 생각은 없었소. 당연히 내 손에 들어왔어야 할 여행용품 꾸러미를 받지 못해서 내가 좀 흥분했던 모양이오. 내 손목시계는 마르트에게 남겨주려 하오, 만년필도. 나는 그것들을 B.에게 맡겨놓겠소. 식량 소포에 빨리 상하는 건 아무것도 넣지 말도록. 혹시 내 다음 행선지로 따라와야 할지도 모르니까. 식량 소포나 속옷 꾸러미 안에 사진들을 넣고, 편지는 넣지 말고. 미술 책들은 당신에게 돌려보낼 참이오. 그 책들 정말 고마웠소. 나는 아무래도 겨울을 나야 할 것 같구려. 준비는 되어 있으니 걱정 말아요. 내가 보낸 메모들을 다시 읽어봐주오. 첫날부터 내가 부탁한 것들이 씌어 있을 텐데, 나는 다 기억나지 않는구려. 수선용 양털. 목도리. 스테로질 15. 참으로 견디기 어려운 건, 이송자들 전원의 머리를 빡빡 밀어버린다는 거요. 노란별보다도 더 모욕적인 신분 증명이지! 만약 여기저기 분산되는 경우에는 구세군 재단으로 내 소식을 전하리다. 이렌에게도 알려주오.

1942년 6월 20일—사랑하는 가족들에게.

어제 가방을 받았소. 정말 고마워. 모르긴 해도 출발이 급박해지는 것 같아 두렵구려. 오늘 나는 머리를 밀어야 한다오. 이송자들은 오늘 저녁부터 특별 수감동에 갇혀서 밀착 감시를 받을 것 같소. 변소 갈 때도 헌병이 따라붙겠지. 불길한 기운이 수용소 전체를 덮고 있소. 내 생각에 콩피엔을 거쳐가지는 않을 듯. 각자 사흘치 여행 식량을 지급받게 될 거라고 합디다. 다른 소포가 도착하기 전에 떠나게 되지 않을까, 하지만 염려 말아요, 마지막 소포는 아주 푸짐했고 나는 여기 도착한 때부터 초콜릿과 통조림, 굵은 소시지 따위를 비축해두었으니까. 부디 마음을 편히 가져요, 당신과 마르트, 내 항상 기억하리다. 음반 네 장에 발레 전곡이 녹음된 〈페트루츠카〉 시리즈를 7월 28일 마르트에게 보내주고 싶었는데. 어제 B.를 만나 그간의 배려에 감사했소. 그는 내가 여기서 중요한 인물들한테 판화가의 작품을 좋게 인식시켰다는 걸 알아. 최근 작품 사진들에 나는 만족한다오. B.에게 보여주진 않았소. 작품 사진을 그에게 줄 수 없어 미안하다고, 하지만 주문하고 싶으면 얼마든지 하라고 말했지. 판형 작업들을 중단하게 돼서 유감, 그러나 빨리 돌아온다면 아직 시간은 있을거요. 나는 르루아의 조각이 좋소. 내 재정 능력이 미칠 만큼 소형판을 만드는 일이라면 기꺼이 했을 텐데. 출발까지 이제 몇 시간뿐인데 그런 것들이 영 내 머리를 떠나질 않는구려.

당신, 어머니를 보살펴주오. 그렇다고 당신 개인적인 것을 소홀히 하라는 말은 아니오. 이렌에게도 내 바람을 전해줘. 그녀는 어머니 이웃에 살잖소. 앙드레 아바디 의사에게, 아직 파리에 있다면, 가급적 통화해서 이 말을 해주시오. 앙드레도 이미 알고 있는 그 사람과 내가 5월 1일에 만났는데 5월 3일에 난 체포되었다고, 단지 우연의 일치일까? 내 글이 너무 혼란스러워 당신은 놀라겠지만 여기 상황은 고통스럽소. 새벽 여섯시 삼십분, 잠시 후면 가져가지 않을 물건은 돌려보내야 한다오. 나는 너무 많이 끌고 가는 게 아닌지. 열차 자리가 부족하면, 또는 수색계 요원들의 기분에 따라, 마지막 순간에 가방 하나는 내던져질 수도 있겠지. 그들은 유대인 문제 경찰국 요원이라오, 도리오 파이거나 필로리 파들. 어쨌거나 필요한 일이니, 나는 물건을 좀 가려야겠소. 소식이 끊기더라도 미친 사람처럼 아무 데나 달려가지 말고, 인내와 믿음으로 기다려요. 나를 믿어주오. 어머니에게는 내가 이 여행을 좋아한다고 말해요. 전에도 말했지만 '다른 곳'으로 떠나는 경우야 흔히 보아왔잖소. 슬픈 일은 펜과 헤어져야 하고 종이 한 쪽 가질 권리도 없다는 거요. 가소로운 생각이 드는구려. 칼도 금지되고 한낱 정어리 깡통따개조차 가질 수가 없다니! 허세 부리는 게 아니라, 이런 환경은 너무 내 취향이 아냐! 출발자 명단에는 환자와 불구자도 무척 많다오. Rd가 생각나는구려. 그가 결정적으로 은신처를 찾았기를. 자크 도말의 집에 내 잡동사니 물건들이 꽤 남아 있소. 우리 집에서 지금 당장에 책들을 꺼내버릴 필요는 없을 것 같은데, 아무튼 가족들 처사에 맡기겠소. 여행길에 날씨가 좋기를. 잊지 말고 어머니 노인수당을 살펴보도록. UGIF에서 원조받을 길이 있는가도 알아보고. 당신과 자클린이 그만 화해하기를 바라오. 그녀는 별나기는 해도 알고 보면 멋진 여자요. 날이 밝아오는구려. 화창한 하루가 되려는 것 같소. 내 일상 메모들이 당신 손에 들어갔는지, 출발 전에 내가 또 답장을 받을 수 있을는지 알 수 없구려. 어머니와 당신, 마르트, 모두 보고 싶소. 그리고 내 자유를 지키도록 애정을 가지고 도와줬던 다른 모든 친구들도. '겨울을 잘 나게' 해준 그들에게 진심으로 감사하오. 이 편지는 여기서 그만 중단해야겠소. 가방을 챙겨야지. 다음에 또 쓰겠소. 만년필과 시계는 어머니가 뭐라 하든 마르트에게, 또 내가 계속해서 더 쓰지 못할 경우에는 이 짧은 기록도 마르트에게 남긴다. 사랑하는 어머니, 너무 사랑하는 당신과 마르트, 뜨거운 포옹을 보내오. 용기를 잃지 말도록! 그럼 다음에. 일곱시가 되었소.

24

1996년 4월, 나는 두 차례 일요일을 잡아 동쪽으로 산책을 떠났다. 마리아 성심 기숙사 부근과 투렐 구역으로 도라 브루더의 흔적을 찾아나선 것이다. 아무래도 썰물 때처럼 도시가 한적해지는 일요일이 좋을 듯했다.

마리아 성심 기숙사의 자취는 아무것도 남아 있지 않았다. 픽퓌스 가와 가르 드 뢰이 가의 모퉁이 블록에는 현대식 건물단지가 솟아올랐다. 이 단지의 일부는 울창하게 나무 그늘이 드리워졌던 기숙사 담벽을 대신해서 가르 드 뢰이 가의 홀수 번지들을 달게 되었다. 그러나 좀더 걸어가보면 길은 변하지 않았다. 맞은편 짝수 번지들도 변하지 않았다.

48-2번지, 거의 믿을 수 없는 심정으로 나는 옛날 사건을 떠

올린다. 1942년 7월의 어느 아침, 마리아 성심 기숙사 정원을 내려보는 이 48-2번지로 경찰대가 몰려들어 아홉 명의 아이들을 잡아갔다. 그 시각에 도라 브루더는 투렐에 수감되어 있었다. 밝은색 벽돌로 지어진 오층 건물, 매 층마다 두 쪽짜리 창문이 두 개씩 나 있다. 이웃해 있는 40번지는 길에서 쑥 들어간 희끄무레한 회색 건물이고 낮은 벽돌 담과 철책이 서 있다. 길 건너 몇몇 자그마한 건물들은 옛 모습 그대로 남아 있다. 픽퓌스 가로 꺾어지는 지점, 54번지는 예전에 무슨 렌지라는 여자가 경영하는 카페가 있던 자리다.

나는 불현듯 도라가 도주한 날 저녁에 바로 이 가르 드 뢰이가를 따라 내려갔을 거라는 확신이 들었다. 기숙사 담벽을 끼고 총총히 사라지는 그녀가 눈에 보이는 듯하다. '역(가르)' 이라는 글자가 도주를 연상시켰기 때문일까.

그 일대를 얼마간 걸었을 때 날짜를 알 수 없는 수많은 일요일의 슬픔이 내 가슴을 무겁게 짓눌렀다. 기숙사로 돌아와야 했던 일요일 저녁, 그녀는 나시옹 역에서 지하철을 내렸다. 기숙사 문을 넘어 안뜰로 들어가는 순간을 늦추려고 그녀는 발길 가는 대로 주변을 배회했을 것이다. 날이 저물어왔다. 생망데 대로는 가로수들이 많은 조용한 거리다. 어딘가 공터 같은 데가 있었는지도 모르겠다. 나는 픽퓌스 지하철역의 낡은 출구 앞을 지나간다.

도라는 간혹 이 출구도 사용했을 것이다. 오른편으로 꺾어들면 픽퓌스 대로, 이 거리는 생망데 대로보다 썰렁하고 황량하다. 나무들도 없다. 거기 존재하는 것은 일요일 저녁 돌아오는 길의 고독감뿐이었을 것이다.

모르티에 대로는 비탈진 길이다. 남쪽으로 갈수록 내리막이다. 1996년 4월 28일 일요일에 나는 거기까지 가려고 여러 길들을 거쳤다. 고문서 길. 브르타뉴 길. 고난받는 소녀들의 길, 그리고 헤나가 살았던 오베르캄프 길의 언덕을 따라 올라갔다.

한 순간 오른편으로 멀리까지 뻗어 있는 가로수 행렬이 눈에 들어왔다. 피레네 길이었다. 멜리몽탕 가 140번지 건물 블록은 철거 직전의 유령 같은 모습으로 4월의 태양 아래 서 있었다. 이어지는 생파르조 가의 끝자락을 지날 때는 완전히 버려진 촌락을 통과하는 기분이었다.

모르티에 대로. 양쪽으로 플라타너스가 늘어서 있는 이 대로의 끝에, 포르트 데 릴라에 거의 다 이르러 투렐이 있다. 병영 건물은 아직 존재한다.

내가 찾아간 그 일요일에 모르티에 대로는 텅 비어 있었다. 거리는 너무 깊은 침묵에 빠져서 플라타너스 잎들이 바스락대는 소리까지 내 귀에 들려왔다. 투렐의 옛 병영은 높은 담벽에 둘러

싸여 있고 그 안의 건물들은 보이지 않는다. 나는 담벽을 따라 걸었다. 팻말이 붙어 있었다.

군사 지역
영화 및 사진 촬영 금지

나는 혼자 중얼거렸다. 이젠 아무도 기억하지 않는다. 아무것도. 담벽 너머로는 무인지대가 펼쳐 있다. 공허와 망각의 지대. 투렐의 낡은 건물들은 픽퓌스 가의 기숙사처럼 철거되진 않았지만, 결국 마찬가지였다.

하지만 두꺼운 망각의 지층 밑에서 감지되는 게 있었다. 때때로 아주 먼 메아리처럼 소리가 죽어버려, 정확히 뭐라고 말할 수 없는 파동들. 나는 마치 자장(磁場)의 언저리에 서 있는 듯했으나 그 파동을 읽어낼 바늘추가 없었다. 의혹과 자기기만 속에서 사람들은 팻말을 달았다. 군사 지역. 영화 및 사진 촬영 금지.

25

투렐에서의 그 공허감을 파리의 다른 곳에서도 느꼈던 기억이 난다. 내 나이 스물이었을 때, 진정 그 까닭이 무엇인지는 모호한 채로 나는 많은 걸 느꼈었다.

여자친구는 여기저기 다른 아파트로, 전원 주택으로, 자주 하숙을 옮겨다녔다. 그녀가 새로 옮겨갈 때마다 나는 기회를 보아 그 주인집의 서가를 약간씩 덜어냈다. 미술 화집들과 번호가 매겨진 한정판 등, 나는 그것들을 적당한 곳으로 들고 가서 되팔았다. 하루는 르가르 가의 아파트에 둘만 남게 되었을 때 나는 고풍스러운 오르골 상자를 훔쳤다. 벽장들을 뒤져서 아주 근사한 양복 몇 벌과 셔츠들, 열 켤레가량의 최상품 구두들도 끄집어냈다. 나는 전화번호부에서 그 모두를 처분할 만한 곳을 물색했다.

한 군데 찾았다. 자르댕 생폴 가에 있는 고물상이었다.

그 길의 한쪽 끝은 센 강에 닿아 있다. 셀레스탱 강변로에서 출발해 잠시 걸어올라가면 바로 지난해에 내가 대학 입시를 치렀던 학교가 있는 샤를마뉴 가와 만나게 된다. 짝수 번지 쪽으로 샤를마뉴 가에 거의 다 왔을 때 반쯤 올려지다 만 녹슨 철제 셔터가 보였다. 나는 창고 안으로 들어갔다. 가구들과 옷더미, 고철 더미, 죽은 차에서 떼어낸 부품 조각들이 쌓여 있었다. 마흔 살가량의 남자가 나를 맞았다. 그는 친절하게도 며칠 안에 직접 '거래품' 을 수거하러 오겠다고 했다.

그와 헤어져, 센 강을 향해 같은 길을 내려갔다. 자르댕 생폴 가의 홀수 번지들은 얼마 전 모두 철거된 상태였고 그 뒤편의 건물들도 상당 부분 그랬다. 철거된 자리는 그냥 커다란 공터로 남아 있었다. 그 주위로 반 이상 허물어진 건물 벽들이 병풍처럼 둘러 있었다. 지붕이 날아간 벽들에서 방을 도배했던 그림 벽지라든가 벽난로의 연통 자국 같은 예전의 흔적을 알아볼 수는 있었다. 폭탄 맞은 거리를 걸어가는 느낌이었다. 센 강 쪽으로 휑 뚫린 전망 때문에 공허한 느낌은 더 강렬했다.

며칠 후 일요일에 고물상 주인은 내가 일러준 장소로 찾아왔다. 파리 남단의 한 진입로 부근에 있는 켈레르만 대로, 내 여자친구의 아버지 집이었다. 나는 물건을 내주었다. 그는 오르골 상자와 양복들, 셔츠들, 구두 일체를 차에 싣고는 모두 합쳐서 당시 돈으로 칠백 프랑을 내게 주었다.

어디 가서 한잔 하자고 고물상 주인이 내게 제안했다. 그 부근에는 샤를레티 경기장 맞은편에 두 개의 카페가 있었는데 우리는 그중 하나로 들어갔다.

그는 평상시에 내가 하는 일이 뭐냐고 물었다. 나는 뭐라고 대답해야 좋을지 좀 막막하긴 했지만 결국 얼마 전부터 학업을 포기한 상태라고 말해줬다. 다음에는 내가 그에게 이런저런 물음을 던졌다. 자르댕 생폴 가의 고물 창고를 실제로 운영하는 사람은 그의 동업자 사촌이었다. 그 자신은 클리냥쿠르 벼룩시장에서 다른 점포를 열고 있었다. 게다가 그는 태어나기를 그 구역에서 태어난데다 폴란드계 유대인의 후예였다.

나는 전쟁과 나치 강점기로 화제를 옮겼다. 그 시대에 그는 열여덟 살이었다. 어느 토요일 기습적으로 경찰이 몰려와 생투앵 벼룩시장의 유대인들을 쓸어갔는데 그 자신은 기적적으로 그 사태를 피했다고 그는 회고했다. 뭣보다도 그를 놀라게 했던 사실은 형사들 가운데 여자 한 명이 끼여 있었다는 것이다.

나는 어린 시절에 보았던 바라크 구역에 대해 그에게 얘기했다. 토요일이면 엄마는 나를 벼룩시장에 데려가곤 했는데, 네 대로의 건물들 밑에는…… 그는 가족과 함께 그곳에 살았었다. 엘리자베스 롤랑 가, 내가 길 이름을 노트에 적는 걸 보고서 그는 신기해하는 얼굴이었다. 한때 사람들은 그 구역을 '황야'라 불렀다. 황야는 전쟁 후에 깨끗이 청소되었고 지금은 운동 경기장이 되었다.

그와 얘기를 나누면서 나는 오래도록 다시 보지 못한 아버지를 생각했다. 열아홉 살의 아버지는 아직 일확천금의 꿈에 빠져들기 전에 파리의 진입로들 부근을 오가며 소소한 불법 거래로 삶을 유지했다. 도시 세관의 방책 너머로 휘발유 통을 몰래 날라다가 변두리 카센터에 팔아치웠고 주류와 다른 물품에 대해서도 통관세 따위는 무시했다.

헤어지는 순간에 그는 친근한 목소리로 내게 말했다. 혹시 또 처분해야 할 물건이 생기면 언제라도 자르댕 생폴 가에서 자기를 찾으라고, 그러고는 백 프랑을 더 얹어주었다. 아마 청년다운 내 솔직한 태도에 감동받은 것 같았다.

그의 얼굴은 기억나지 않는다. 내가 기억하는 건 그의 이름뿐이다. 그는 틀림없이 클리냥쿠르 부근과 '황야' 지대에서 도라 브루더를 본 적이 있었을 것이다. 그들은 같은 구역에 살았고 같은 연배였으니까. 어쩌면 도라의 도주 행각에 대해서도 뭔가 깊숙이 알고 있지 않았을까. 우연과 만남들, 영영 가늠해볼 길이 없는 우연의 일치…… 그런 생각을 하면서 이번 가을에 나는 또 자르댕 생폴 가를 걸었다. 창고와 녹슨 철제 셔터는 이미 존재하지 않고 이웃 건물들은 개축되었다. 나는 그렇게 또 한번 공허를 맛보아야 했고 얼마간 그 까닭을 이해했다. 많은 건물들이 전쟁 후에 철거되었다. 행정적 결정에 따라 조직적으로, 깨끗이 밀어버려야 했던 구역에는 심지어 숫자 달린 호칭까지 새로 붙여졌다. '작은 섬 16.' 나는 이 작은 섬의 사진 몇 장을 찾아냈다. 홀수 번지 집들이 아직 존재하던 시절의 자르댕 생폴 가의 모습. 다른 사진은 반쯤 헐려나간 건물 더미, 생제르베 교회 옆쪽으로 상스 호텔 주변을 찍은 것. 다른 하나는 센 강 기슭의 길 풍경, 이제 별 필요가 없어 보이는 두 보도 사이의 철거된 공터를 몇 사람이 건너가는 중이다. 이 마지막 사진은 노냉 디예르(이예르의 어린 수녀들) 길의 추억이라 하겠는데, 사실상 우리에게 남겨진 이 길의 전부이다. 가지런한 건물 행렬이 들어서기 위해서 옛 길들의 윤곽은 간간이 수정되어야 했다.

정면은 반듯하고 창문은 사각형이며 건축 자재는 망각 빛깔의 콘크리트, 그 위로 가로등은 싸늘한 조명을 던진다. 이따금씩 벤치와 작은 공원, 정원수, 장식용 소품, 인조 이파리들이 박혀 있다. 사람들은 투렐의 담벽에서처럼 '군사 지역 촬영 금지' 팻말을 다는 것으로 만족하지 않았다. 모든 걸 흔적도 없이 소멸시키고 그 자리에 일종의 스위스 촌락을 건설했다. 의심할 바 없는 중립지대의 표상이었다.

삼십 년 전 나는 자르댕 생폴 가의 지붕 없는 벽들에 붙어 있는 누더기 벽지들을 보았다. 누군가 살았던 방의 흔적들, 1942년 7월의 어느 날 경찰이 잡으러 왔던 도라만 한 나이의 소년 소녀들이 그런 방에서 살았었다. 그들 이름은 이송자 명단에서 늘 동일한 주소와 함께 나온다. 같은 길 이름, 같은 번지수, 그것들은 이제 아무 데도 가리키지 않는다.

26

투렐은 내가 열일곱 살 때, 장 주네의 소설 끝에서 처음 마주쳤던 이름으로 그때는 일개 지명에 지나지 않았었다. 『장미의 기적』을 끝내면서 주네는 어디서 그걸 썼는가를 적어놓았다. '상테 형무소, 투렐 감옥 1943.' 일반범으로 낙인 찍혀 그도 거기에 갇혔었다. 도라 브루더가 떠난 후 얼마 지나지 않아, 자칫하면 그들은 거기서 마주칠 수도 있었다. 『장미의 기적』은 그러니까 지난날 메트레 속죄촌(아동 감화원)에서 겪은 기억들로만 짜여진 건 아니다. 책에는 그것이 씌어진 장소들의 기억이 배어들게 마련이다. 상테 형무소, 투렐 감옥 1943.

나는 그 소설의 여러 구절을 외우고 있다. 지금 생각나는 부분은, '그 아이는 파리 속어의 진정한 바탕이 무엇인가를 내게 가르쳐줬다. 그건 서글픈 애조였다'. 도라 브루더를 생각나게 하는 구절, 읽으면 읽을수록 나 자신이 그녀를 알았던 것 같은 느낌이다. 막무가내로 노란별을 달아야 했던 아이들은 폴란드, 러시아, 루마니아 식의 이름을 가졌더라도 전형적인 파리의 아이들이었다. 그애들은 이 도시의 건물과 거리들과 한데 뒤섞여 이 도시에만 존재하는 무궁무진한 회색빛 뉘앙스를 몸으로 익혔다. 도라처럼 모두들 파리 억양으로 떠들었고 장 주네가 느꼈던 그 서글픈 애조의 은어를 사용했다.

도라가 억류되었던 시절에 투렐에서는 소포를 받을 수 있었다. 목요일과 일요일에는, 면회도 허용되긴 했다. 화요일에는 미사에 참석했다. 아침 8시에 헌병들이 점호를 하였고 수감자 전원은 차려 자세로 침대 발치에 내려섰다. 점심은 병영 식당에서 배추 범벅으로 때웠다. 병영 뜰에서 산보. 저녁 급식은 6시. 다시 점호. 보름에 한 번씩 샤워 시간이면 둘씩 둘씩 헌병대 감시하에 앞으로 나갔다. 반복되는 호각소리. 대기 상태. 면회를 하려면 감옥의 우두머리 앞으로 편지를 써야 했다. 언제 승낙이 떨어질는지 알 수 없었다.

면회는 오후 초부터 병영 식당에서 이루어졌다. 헌병대가 면회 온 사람들의 가방을 수색했다. 그들이 가져온 꾸러미도 죄다

뜬었다. 까닭 없이 면회가 취소되는 날도 왕왕 있었는데, 수감자들은 한 시간 전쯤에나 그 사실을 통고받았다.

투렐에는 당시 독일군이 '유대 종족의 정부들'이라 불렀던 여자들이 섞여 있었다. 도라도 아마 그녀들을 알았을 것이다. 열 명 남짓한 그녀들은 '아리안' 피를 받은 프랑스 여성으로 1942년 6월 노란별의 착용이 의무화된 첫 날, 일종의 연대감의 표시로 자기들 몸에 그 별을 달고 돌아다녔다. 그녀들의 용기는 다소 괴짜스런 방식으로, 점령 당국이 보기엔 오만방자하기 짝이 없는 방식으로 나타나기도 했다. 한 여자는 자기 애견의 목에다 노란별을 매달았다. 다른 한 여자는 슬슬 애무한다는 뜻의 속어를 줄여놓은 '파푸'라는 글자로 별을 수놓았고 어떤 여자는 '제니'라고 수놓았다. (Jenny는 영어로 동물 암컷, 불어로는 천재, 수호정령을 뜻하는 '제니'와 발음이 같다.) 또다른 여자는 허리띠에 자그마치 여덟 개의 별을 달았는데, 각 별마다 '승리'라는 단어의 글자 하나씩이 새겨져 있었다. 모두 길에서 붙잡혀 가장 가까운 경찰서로 넘겨졌다. 얼마 후엔 경찰청 구치소, 그리고 투렐, 8월 13일 드랑시. 그날 이전까지 '유대 종족의 정부들'이 종사했던 업종은 이러했다. 타이피스트. 문방구. 신문 가게 여주인. 파출부. 우체국 직원. 학생.

8월, 체포 사례는 점점 불어났다. 여자들은 구치소에서 묵을 겨를도 없이 투렐로 직행했다. 스무 명짜리 내무반은 이제 곱절을 수용해도 모자랐다. 그 혼잡통에 무더위는 기승을 부렸고 불안과 공포는 걷잡을 수 없이 치솟았다. 투렐은 이래저래 열차칸을 엮어 보내는 조차역에 불과했으니, 날마다 누구라도 미지의 행선지로 실려갈 수 있었다.

이미 두 차례에 걸쳐 백여 명에 달하는 유대인 여자 그룹이 드랑시로 떠났다. 7월 19일과 27일에 떠난 그녀들 중에 라카 이스라엘로비츠도 끼여 있었다. 폴란드 국적의 열여덟 살 그녀는 도라와 같은 날에, 같은 호송차를 타고 투렐에 도착했었다. 그녀들은 필경 같은 내무반에 묵었을 것이다.

8월 12일 저녁, 투렐에는 소문이 돌고 있었다. 유대인 여자들과 '유대 종족의 정부들'은 한 명도 빠짐없이 다음날 드랑시로 떠날 것이라는 소문.

13일 아침이 왔다. 오전 10시, 수용소 마당의 밤나무들 밑에서 이름이 불리기 시작했다. 끝없이 이름이 불렸다. 그녀들은 밤나무 밑에서 최후의 점심을 들었다. 허기를 채울 수 없는 비참한 급식이었다.

버스들이 도착했다. 그런 대로 이송자 모두가 앉아서 떠날 수 있을 만큼 자리는 있어 보였다. 다른 여자들처럼 도라도 앉아 떠나길 바랐다. 그날은 목요일, 면회날이었다.

버스 행렬이 움직였다. 철모를 쓴 오토바이 경찰대의 호송을 받으며, 오늘날에는 샤를 드골 공항으로 가는 길을 따라 그들은 떠났다. 그리고 반세기가 흘러갔다. 길가의 집들은 헐리고 고속도로가 뚫렸다. 작은 섬 16처럼 이 북동쪽 교외의 풍경도 놀랍게 변모하여 최대한으로 중성적인 회색 지대가 되었다. 그러나 드골 공항으로 가는 길에는 여전히 옛 이름을 달고 있는 청색 표지판이 보인다. 드랑시, 또는 로맹빌. 동쪽으로 고속도로에 진입하다 보면, 바놀레 어귀에서 멀지 않은 곳에 좌초해 있는 그 시대의 잔해를 만날 수도 있다. 근대화 작업에서 잊혀진 벌채용 헛간, 아주 잘 보이는 글자로 그 위에 이름이 씌어 있다. 뒤르모르(가혹한 죽음, 글자는 약간 다르지만 귀로 듣기로는 그렇다).

드랑시의 군중 속에서 도라는 아버지를 다시 만났다. 3월부터 거기 억류된 아버지. 8월의 드랑시는 투렐이나 경찰청 구치소와 마찬가지 인해(人海)를 이루었다. 남자들 여자들 가릴 것 없이 밀려드는 물결은 하루가 다르게 불어났다. 자유 지대로부터 수천 명씩 화물 열차에 실려오고 피티비에 지역의 수용소들, 롤랑

드 강가의 본 수용소에서도 어린 자식과 생이별한 여인들이 수백 명씩 여러 차례 실려왔다. 어미들이 독일로 이송되자, 8월 15일부터 며칠간은 사천 명의 아이들이 도착했다. 이 애들은 피티비에 지역과 롤랑드 강가를 떠날 때 걸치고 있던 옷가지에 신원이 기록되었기 때문에, 그것도 너무 황급히, 상당수 이름은 나중에 읽을 수도 없었다. 122번 신원 미상의 아이. 146번 역시 신원 미상. 세 살배기 여자애. 성씨도 없는 모니크. 신원 미상.

수용소는 이미 초과잉 상태였으므로, 자유 지대에서 계속 실려올 포로들까지 수용하려면 자리를 만들어야 했다. 점령 당국은 프랑스 국적을 가진 유대인 집단을 추려서 피티비에 수용소로 옮기기로 결정했다. 그리하여 9월 2일과 5일, 두 번에 나누어 대략 천오백 명의 프랑스 유대인이 옮겨졌는데, 도라와 같은 날 투렐에 도착했던 네 명의 소녀가 그 가운데 들어 있었다. 클로딘 비너베트, 젤리에 슈트롤리츠, 마르트 나흐마노비츠, 이본 피튼. 모두 16세나 17세, 아마도 국적 덕분에 우리는 보호받으리라는 환상을 품고 드랑시를 떠났을 것이다. 도라도 프랑스 국적을 가졌으므로 그들과 함께 드랑시를 떠날 수 있었다. 그러나 도라는 떠나지 않았다. 그 까닭은 쉽사리 짐작이 간다. 그녀는 아버지와 함께 남기를 원했다.

아버지와 딸은 함께 드랑시를 떠났다. 9월 18일, 그들은 천 명의 다른 남녀들과도 함께였으며, 그들 모두를 태운 열차는 아우슈비츠로 떠났다.

어머니 세실 브루더는 1942년 7월 16일, 대규모 소탕 작전이 펼쳐진 날에 체포되어 드랑시로 들어왔다. 며칠간 남편과 해후, 그러나 딸은 아직 투렐에 있을 때였다. 세실 브루더는 7월 23일 풀려났다. 부다페스트에서 태어났기 때문에, 독일 당국이 헝가리 출신 유대인도 이송하라는 명령을 아직은 내리지 않았기 때문에, 그녀는 드랑시에서 풀려났다.

1942년 여름의 어느 목요일이나 일요일에 그녀는 딸을 면회하러 투렐에 갈 수 있었을까. 1943년 1월 9일 그녀는 다시 드랑시에 억류되었다. 다음 달 11일, 남편과 딸이 떠난 후 다섯 달 만에 그녀도 아우슈비츠행 열차에 올랐다.

9월 19일 토요일, 도라와 그녀 아버지가 떠나간 다음날이었다. 독일군 수뇌부는 전면 통금령을 발포함으로써 렉스 영화관에서 발생한 테러에 보복하기로 했다. 오후 3시부터 다음날 아침까지 그 누구도 외출할 수 없었다. 도시는 마치 도라의 부재를 말해주기라도 하듯 텅 비었다.

그후로……

파리는, 내가 그녀의 흔적을 찾아다녔던 이 도시는 그날 못지 않게 공허한 상태로 침묵했다. 나는 텅 빈 거리들을 걸어다녔다. 하물며 저녁에도, 차들이 꽉 밀리고 지하철 출구마다 사람들이 쏟아져 나오는 시각에도 나는 그렇게 느꼈다. 텅 빈 거리들. 나는 하염없이 그녀를 생각하였고 몇몇 구역에서 그녀 삶의 반향을 들었다. 얼마 전 저녁에는 북부 기차역 근처에서.

죽을 때까지 나는 모르리라. 그녀가 첫 도주를 감행했던 그해 겨울의 몇 달간, 그리고 다시 달아났던 봄철의 몇 주간, 무얼 하며 그녀는 낮 시간을 보냈으며 밤에는 어디로 숨어들어 누구랑 함께 지냈는지 나는 알 수가 없으리라. 그녀의 비밀은 바로 그거다. 초라하고도 값진 비밀. 점령기의 살인자들, 법령들, 파리 경찰청 구치소, 병영의 규율, 수용소, 역사, 시간, 그 어떤 것도, 당신을 더럽히고 파괴하는 그 모든 것도, 그녀로부터 그 비밀만은 앗아가지 못하리라.

■ **작품해설**

모디아노의 천사

아니다. 그는 분명히 바다에서 실종되지는 않았다.
그는 아마도 마지막 밧줄을 끊고
어느 산호초 속에 숨기로 결정한 것인지도 모른다.
_『어두운 상점들의 거리』(1978).

파트릭 모디아노는 올해로 쉰세 살이며, 삼십 년 전에 첫 소설 『에투알 광장』을 출간했던 갈리마르 사에서 다시 소설은 아니지만 거의 소설과 다름없이 읽혀지는 『도라 브루더』를 내놓았다.

책의 양쪽 날개에는 지금까지 발표된 모디아노의 작품목록이 적혀 있었다. 갈리마르와 몇 군데 다른 출판사에서 나온 것들을 합하여 모두 스물여섯 권. 그 목록에 빠진 것이 없다면 『도라 브루더』는 스물일곱번째가 되는 셈이다. 대부분 소설들이고, 루이 말 감독과 함께 쓴 시나리오가 한 편 있고, 또다른 누구와 공저로 되어 있는 내용을 알 수 없는 책들이 서너 권, 그리고 사진이나 삽화가 들어간 책들도 있다. 나는 물론 그것들을 다 읽어보진 못했다.

『도라 브루더』는 허구로서의 소설은 아니다. 그러나 모디아노의 소설들과 닮은 데가 많은 '시간차 추적'의 이야기라고 할 수는 있겠다. 사실 어떤 부분들에는 이야기보다 '기록'이라는 말이 더 적당해 보이기도 한다. 이 책은 기록적인 특성이 돋보이는 모디아노식의 추적 이야기이다.

모디아노는 지금 어딘가 살아 있는 여자를 추적하는 일은 도무지 할 줄 모르는 작가이다. 야망이나 돈, 사회의 비밀스러운 음모, 미래 같은 것도 추적할 줄 모른다. 로빈 쿡이나 마이클 크라이튼 같은 작가와는 다른 지구에 살고 있다고 생각하면 별 무리가 없을 것이다. 한데 이쪽에서나 저쪽에서나 지구인의 속성이 뭔가를 추적하지 않고서는 못 배기는 것인지, 모디아노의 인물들도 늘 집요하게 뭔가를 추적하는 중이다. 소설의 주인공은 대개 얼마간의 세월이 흐른 후 불쑥 저 자신의 과거를 찾아 나서기를 좋아한다. 과거는 흘러간 과거가 아니라 현재에 남아 있는 흔적으로서의 과거이다. 『도라 브루더』의 추적자는 그가 세상에 태어나기도 전에 역사의 어둠 속으로 사라져버린 한 소녀의 흔적들을 찾아다닌다. 그 추적자는 허구의 인물이 아닌 파트릭 모디아노 자신이다.

도라 브루더는 2차대전 때, 유럽 역사에서 '독일 강점기' 또는 간단히 '점령기' 라 불리는 그 시대에 실종된 한 유대인 소녀의 이름이다. 그녀는 실종되던 당시에 열다섯 살을 조금 넘긴 나이였다. 이미 오십대에 들어선 파트릭 모디아노는 그녀보다 스무 해나 늦게 태어났다. 그녀가 아직 살아 있다면 칠순을 넘겼을 터이지만, 아우슈비츠로 떠나는 열차에 오른 후로 그 십대의 소녀는 나이를 먹지 않았다. 영원히 실종된 존재 위로 시간은 흐르지 않으니까. 그리하여 그 소녀는 나보코프의 롤리타와는 전혀 다른 모디아노의 롤리타가 된다. 다시 꿰어맞추기에는 너무 보잘것없는 그녀 삶의 흔적들과 그럼에도 집요하게 그녀를 추적하는, 그러나 너무 뒤늦게 태어난 중년 작가의 추억들이 이중으로 토막난 에피소드 방식으로 연결되어 있다. 극히 간결하고 정교하면서도 99퍼센트는 씌어질 수 없는 미완성 푸가의 악절들을 연상시키는 그것은 기이한 추적의 기록으로, 그들 사이의 좁혀지지 않는 '시간차' 는 바로 20세기 반쪽의 역사이기도 하다.

우리는 앞으로도 오랫동안 나이 든 청춘으로 머물게 될까.

_『신혼여행』(1990).

파트릭 모디아노는 1945년 파리 근교에서 태어났다. 이탈리아계 유대인 아버지로부터 물려받은 이름이 모디아노라면 파트릭은 그가 태어난 해에 대유행이었던 앵글로 색슨계 이름이다.

전쟁이 끝나고 독일군이 라인 강 너머로 물러가자 연합군 지프차와 미국식 재즈바가 파리를 점령했다. 그리고 수많은 파트릭이 생겨났다. 전후의 베이비붐 시대가 그들과 함께 열리는 참이었다. 누구나 막 태어났을 때는 자기 이름이 대서양 건너에서 왔는지 하늘에서 떨어졌는지 알 수도 없거니와 그런 것에는 관심도 없다. 아이는 다만 나중에, 서른이 넘어, 『가족 수첩』이라는 소설의 끝에서 "1945년 한 해가 Patrick이라는 두 음절 안에 통째로 담겨 있었다"고 쓰게 된다.

파트릭 세대는 전쟁을 겪지 않았다. 모디아노의 소설 속에 끊임없이 출몰하는 1940년에서 1944년까지, 즉 나치 점령기의 추억들은 파트릭 시대가 아닌 아버지 모디아노의 시대로 거슬러올라가는 것들이다. 하지만 기억은, 평범한 얘기지만, 한 사람이 살았던 인생 길이에 구애받지 않는다. "나는 천 년을 살았던 것보다도 더 많은 추억들을 가지고 있다"는 보들레르의 시구처럼 애초에 생물적인 한계, 실존의 한계, 시대의 한계를 다 뛰어넘도록 창조된 것이 인간의 기억이니 말이다. 그 많은 추억들의 대부분은 작은 편린들에 불과하지만 그래도 그게 없이는 호메로스도 사마천도 없었을 것이며 오천 년 문명의 역사도 어찌 되었을지 모른다. 파트릭은 나치 점령기를 살아야 했던 유대인 모디아노의 아들이자 그 어둡고 모호했던 시대를 기억으로 다시 좇는 소설가 모디아노이다. 그의 추적 작업은 강박적이다. 파트릭은 모디아노의 기억에 잡혀 있다. 그러나 모디아노의 소설 문체를 보면, 그는 또 아무래도 파트릭이라는 생각이 든다.

> 나는 겨우 스무 살이었지만 내가 태어나기 전에도
> 내 기억은 이미 움직이고 있었다. 가령 나치 점령기에
> 나는 파리에서 살았다고 확신한다. (…)
> 그렇지만 나를 뒤로 잡아당기는 그 무거움을 떨어내려고,
> 그 중독된 기억에서 벗어나려고 나는 애를 썼다.
> 기억상실자만 될 수 있다면 무슨 대가라도 치렀을 것이다.
> _『가족 수첩』(1977).

그는 열여덟 살 때부터 소설을 쓰기 시작했다고 한다. 그 무렵의 당혹스러운 에피소드 하나가 『도라 브루더』에 실려 있다. 그대로 옮기기에는 너무 긴 분량이므로 간략히 줄여보겠다.

파트릭이 아직 미성년이었을 때 그의 부모는 법원에서 몇 단계의 분쟁을 거쳐 갈라섰다. 그들은 별거하는 상태로 같은 건물에 살았는데, 아버지는 '노란 볏짚단 같은 머리칼에 엄청 신경질적인 여자'와 동거했고 파트릭은 어머니와 함께 살았다. (연극배우였던 어머니도 집을 비우는 때가 많았다.) 어느 날, 법원이 판결해준 '실로 얼마 안 되는' 이혼수당의 지불 문제로 좀 어처구니없는 소동이 일어나는 바람에 아버지 모디아노와 아들 모디아노는 나란히 경찰 호송차 '채소 씻는 바구니'에 오르게 된다. 그런 바구니에 실려가는 것이 아들에게는 첫 경험이다. 아버지는 그러나 스무 해 전, 점령기의 어느 밤에 샹젤리제 근처의 식당에서 여자친구와 밥을 먹던 중에 유대인 신분증을 소지하지 않았다는 이유로 체포되어 그 채소 씻는 바구니에 실려간 적이 있는 경험자였다. 아들은 얼마 전부터, 스무 해 전에 아버지가 처했던 그 불안한 상황을 '이제 내 몫으로 떠맡겠다'는 심정으로 소설을 쓰기 시작한 터였다. 그런데 바구니 안에서 아버지는 태연스레 아들을 모른 체한다. 그는 경찰서장에게 '이 불량배가 내 집에 들어와 난동을 피웠다'고 냉담한 어조로 진술한다. 다행히 시대가 바뀌었기 때문에 모디아노 부자는 별 탈 없이 경찰서에서 풀려나 피차 말없이 같은 건물로 돌아온다.

그리고 얼마 뒤, 1968년 학생 데모와 파업 사태로 아수라장이던 시절에 파트릭 모디아노의 첫 소설 『에투알 광장』이 출간되었다. 착란 상태에 빠져든 유대인 청년 라파엘 슐레밀로비치가 1인칭 화자로 등장하여 점령기 유럽을 무대로 자신의 착란적인 인생유전을 이야기하는 소설이었다.

소설의 문체는 파트릭 시대의 분위기와도 비슷했다. 폭발적인 단문들과 때로는 문장으로 미처 완결될 시간도 없어 보이는 숨가쁜 호흡, 잦은 감탄부호와 허다한 쉼표들, "온통 프랑스 문학을 매춘시키려"는 듯한 패러디 행렬, "바로 나, 유대인이 독일인을 매수했다"든가 "아들 슐레밀로비치의 머리에는 아버지 슐레밀로비치를 조롱거리로 만들 생각뿐"이라는 식의 복수적인 언어유희, 등등 하여 냉소의 폭죽들이 터지는 가운데 희열과 오르가슴이 느껴지는 문체였다. 18세의 파트릭은 글쓰는 행위에서 뭔가 새로운 하늘을 보았던 게 틀림없다. 1968년 5월, 진압경찰대와 기자들의 플래시와 방송국 마이크들로 포위되었던 이른바 '바리케이드의 밤'에도 많은 학생들이 그 비슷한 흥분을 맛보았을 것이다. 하지만 파트릭은 그 또래의 학생들처럼 대학에 다니지는 않았다고 한다. 그의 소설 주인공도 1968년의 밤보다는 사반세기쯤 거슬러 올라가 주유하고 있었다.

라파엘 슐레밀로비치는 흔한 말로 꼭지가 돌아버린 상태이므로 현실의 바리케이드나 개연성 같은 것에는 개의치 않는다. 그는 상당한 유산을 상속받은 유대인으로 게슈타포의 앞잡이가 되었다가 사범학교의 궤변스러운 학생이 되기도 하고, 대지의 품으로 돌아가는 유대인, 사교계의 속물 유대인, 히틀러의 여자였던 에바 브라운의 젊은 유대인 정부로 변신하는 등 화려한 편력을 보여준다. 그 모든 변신들은 라파엘의 환각 속에서 일어나는 것이며 아버지 모디아노의 시대에서 펼쳐지는 것이다. '에투알 광장'은 열두 갈래 방사선 대로가 뻗어나가는 개선문 광장의 이름이면서, 아울러 점령군 치하에서 치욕스런 종족의 표시로 노란별을 달아야 했던 유대인들의 가슴 한켠을 상징하는 제목이기도 했다.

1968년의 모디아노는 보다시피 십 년 후에 『어두운 상점들의 거리』로 공쿠르상을 받은 모디아노와는 많이 달랐다. 나는 무슨 유대적 편집증자로 그를 몰아세우려는 건 아니다. 다만, 그의 첫 소설에서는 매우 복잡한 감정들이 일련의 '거꾸로 선' 욕망처럼 표출되기는 했어도 상당히 투명했다는 걸 말하고 싶다. 가령 아버지에 대한 애증과 복수심, '유대인은 이런 종족이다'라고 못박아버리는 반유대주의 작가들의 착란적인 언어에 맞서 한층 더 착란적인 언어의 칼을 휘둘러보려는 이독제독의 전략과 아마도 그 안에 스며 있을 얼마간의 모사 심리, '중독된 기억'을 미친 듯이 배설함으로써 털어내고픈 욕구, 그리고 무엇보다 유대인의

자의식(또는 피해의식)을 갖기 시작하던 무렵에 '나는 프랑스 작가'라는 자의식으로 그걸 제압하려는 욕망이 곳곳에서 드러난다.

> 나는 꼭두각시 인형과 회전목마 사이에 있는
> 간이식당 탁자에 앉아 있었다.
> _『잃어버린 거리』(1985).

1978년 공쿠르상은 그때까지 발표된 모디아노의 전 작품에 수여되었다. 그러나 역시 무대의 주역은 『어두운 상점들의 거리』. 기억상실증에 걸려 있는 사설탐정 기 롤랑이 자신의 과거를 찾아다니는 '시간차 추적'의 이야기는 그후 많은 사람들에게 묘한 독서의 추억을 남겼다.

그 무렵 우리나라에 모디아노가 처음 소개되었다. 『추억을 완성하기 위하여』라는 제목으로 김화영 교수가 번역한 1977년작 『가족 수첩』이었는데, 이 독특하고 재미난 소설을 기억하는 사람은 이상하게 많지 않은 것 같다. 일정한 줄거리가 없이 어디로 달려갈지 모르는 에피소드 열차처럼 씌어진 소설이 『가족 수첩』이었다. 서른 줄에 들어선 '나' 파트릭의 자전적 요소들과 어디서 주워들은 얘기들, 역사의 파편들, 허구들이 뒤엉켜 이루어진 열다섯 개의 환상적인 에피소드가 등장한다. 모디아노는 이 소설로 1977년 공쿠르상의 마지막 문턱까지 올랐다가 밀렸다고 한다. 왜 밀렸을까. 구조주의와 '작가의 죽음'이 유행하던 시절에 너무 자전적이라서? 단지 에피소드 병렬식이라서? 정확한 까닭은 잘 모르겠다. 하지만 만약에 그 1977년의 행운아가 파트릭 모디아노였다면 그의 소설 행로는 어찌 되었을까. 『어두운 상점들의 거리』는 다음해에 같은 모습으로 태어나 공쿠르상을 거머쥘 수 있었을까.

지난 역사에서 만약 이랬다면 저랬다면 하는 건 대개 쓸데없는 짓이다. 그래도 만약에 1977년 공쿠르상이 『가족 수첩』에게 돌아갔었다면, 하는 상상이 자꾸 일어나는 까닭은 모디아노의 이후 행로가 신기하리만치 『어두운 상점들의 거리』와 유사한 스타일의 책들을 쏟아냈기 때문이다. 물론 이 수상작이 한 해 전에 밀려났던 작품보다 못하다는 얘기는 아니다. 공쿠르 협회 위원들이 마지막 순간에 『가족 수첩』을 뽑아주지 않았던 것은 어쩌면 천만다행한 일이었다. 만약에 이 낙선작이 수상작이 되어 지난 이십 년 동안 그와 유사한 책들을 쏟아냈더라면 상황은 더 기이했으리라. 그렇다면 뭐가 문제인가.

모디아노의 소설세계는 독특하다. 『어두운 상점들……』는 한 인간을 사로잡고 있는 강박적인 악령에게 거의 마술적인 미학을 부여한 작품이었다. 강박성은 집요하고도 모호한 기억의 작용, 그것은 『에투알 광장』부터 『도라 브루더』에 이르기까지 모디아노를 놓아주지 않는다. 그 악령은 도스토옙스키, 네르발, 프루스트, 카프카를 그 시대의 문학적 괴물로 만들었던 것처럼 『어두운 상점들……』의 모디아노를 만들어냈다. 그렇지만 그의 중년기 소설들은 자기들끼리 너무 닮아 보이는 것도 사실이다. 어떤 고유의 강박이나 미학을 밀고 나가는 건 좋은데 그래도 너무 자기복제 스타일이 아닌가. 1968년부터 1978년까지 그가 보여주었던 소설적 변신들에 비해볼 때 그후로 두 배나 되는 세월 동안 파트릭 모디아노는 그토록 집요하게 뭘 추적하고 있었는지 실로 모호하다.

모든 게 공쿠르상 때문은 아닐 것이다. 그는 상복이 많은 작가였기 때문에 1978년 이전에도 몇 개의 문학상을 받은 바 있다. 로제 니미에상, 페네옹상, 아카데미 프랑세즈 소설 대상, 아마 우리나라 문학상들과 큰 차이가 없을 그것들에 비해 공쿠르의 여파가 세계적이라는 점은 지적될 수 있겠지만, 이 유명한 상을 받고서도 출판사 창고에 박혀 있는 책들도 없지는 않다고 한다.

그리고 모디아노의 삼사십대 소설들을 한 패턴으로 매도하기보다는 미세한 변화의 추이와 차이를 살펴보는 작업이 필요할지도 모른다. 이 글에서는 곤란한 작업이지만, 예컨대 『슬픈 빌라』

(1975), 『잃어버린 거리』(1985), 『팔월의 일요일들』(1986), 『신혼여행』(1990) 들의 경우에는 현재와 과거, 또는 추억의 여러 층위들 간의 관계가 꽤 난맥상을 이룰 뿐 아니라 테마의 변주도 미묘하다. 반면 『청춘시절』(1981), 『서커스가 지나간다』(1992) 들은 단조롭게 청춘 시절의 사건 위주로 이야기를 풀어가는 편이다. 하나 예외로 놓아야 할 작품은 앞서 보았듯이 1977년에 발표된 『가족 수첩』이다. 모디아노는 이 소설에 너무 많은 걸 쏟아부었던 게 아닐까. 『어두운 상점들……』의 기억상실증은 그것과 무관하지 않은 듯싶다.

누가 알겠는가? 우리는 어쩌면 마침내 증발해버릴지도 몰랐다.
그렇지 않으면 우리는 창유리를 뒤덮고 있는 저 수증기,
손으로 지울 수도 없을 만큼 끈질긴 저 증기에
불과한 존재가 될지도 몰랐다.
_『어두운 상점들의 거리』

어느 해설에서, 그의 소설들은 "한결같이 '내가 누구인가?' 하는, 인간 실존에 대한 본원적 질문을 집요하게 제기한다"는 글을 읽은 적이 있다. (모두 인용할 수는 없지만 많은 사람들이

유사한 지적을 했다.)

틀린 얘기 같지는 않은데도 나는 속이 불편했다. '한결같다'는 말은 작가에게도 옆집 개에게도 함부로 쓸 어휘가 아니다. 게다가 그 해설자는 아마 『어두운 상점들……』의 형이상학적 분위기에 말려든 것 같은데 (그가 해설하고 있는 책은 훨씬 훗날의 것이지만), 그 소설이 1978년 당시에 유라시아 대륙을 가로질러 날아왔을 때는 그만한 비행기 값을 치렀을 거라는 사실을 그는 잊고 있다. 모디아노는 그 항공료를 내가 누구인가? 라는 집요한 물음으로 치렀을까.

여하튼 『어두운 상점들……』는 모디아노의 대표작으로 알려져 있으며 그 명망에 값하는 작품인 것은 분명하다. 작가 자신도 그렇지만, 독자들도 그 소설의 연장선에서 쉬 떠나려 하지 않으니 말이다. 무슨 조화일까. 소설에 나오는, 보통 사람들보다 존재의 밀도가 좀 떨어져 보이는 사설탐정 기 롤랑의 화두는 내가 누구인가? 하는 게 아니라, "나는 아무것도 아니었다. 그날 저녁 어느 카페의 테라스에서 그저 환한 실루엣에 지나지 않았다". (모디아노는 이 2개의 단문으로 공쿠르 값의 절반은 치렀다고 생각된다.)

기억이 없는 사람에게는 어둠이 없는 걸까. 책의 제목과는 다르게 글의 인상은 간결하고 환하다. 그저 환한 물체는 감각적으로 존재의 밀도를 잃어버리고 불안해진다는 것을 사람들은 대개 경험으로 알고 있다. 그 불안은 물체보다도 그걸 바라보는 사람에게 생겨나는 불안이다. "탐험여행을 떠나자마자 나는 증발해 버렸으니, 그들은 한층 더 불안해할 것"이라고 말하는 『신혼여행』의 장 B.에게서는 들떠 있는 장난기마저 느껴진다. 모디아노의 인물들은 심각하지 않다. 그들은 어느 정도 독자를 불안하게 만들지만 그건 그들이 심각하기 때문은 아니다. 상황이 심각하더라도 그들은 그 심각성을 증발시키는 언어를 가지고 있다.

"「예. 나의 과거를 추적하는 일 말입니다.」 내가 이 말을 좀 거창한 어조로 말했기 때문에 그(위트)는 미소를 띠었다."

기 롤랑은 그렇게 위트를 잠깐 웃게 하고서 잃어버린 과거의 추적을 시작하는데, 소설의 마지막 장에 가서 보면, "그리고 나는 마지막 시도를 해볼 필요가 있었다. 즉 로마에 있는 나의 옛 주소, '어두운 상점들의 거리, 2번지'에 가볼 필요가 있었다".

소설은 그렇게 끝나려 하고, 아무도 로마에 있는 어두운 상점들의 거리에 가보지 않는다. 꾸준히 예측되었던 일이므로 아무도 이상하게 여기지는 않는다. 소설은 그 간결하고 환하면서 불안한 문체를 마지막 줄까지 이어간다. "한 어린 소녀가 황혼녘에 그녀의 어머니와 함께 해변에서 돌아온다. 그 아이는 아무것도 아닌 일로, 계속해서 더 놀고 싶었기 때문에 울고 있다. 그 소녀는 멀어져간다. 그녀는 벌써 길모퉁이를 돌아갔다. 그런데 우리들의 삶 또한 그 어린아이의 슬픔과 마찬가지로 저녁 속으로 빨리 지워져버리는 것은 아닐까?"

그러나 누구나 느끼듯, 불안은 일종의 어둠이다. 그저 환하기 때문에 단지 환하기만 할 수가 없다. 소설 제목은 어둠과 모호함을 더불어 뜻하는 'obscur'라는 형용사를 쓰고 있다. '모호한 상점들의 거리'. 이 소설은 어둠을 어둠으로 묘사하지 않으며, 차라리 어둠을 제거함으로써 모호한 어둠의 효과를 만들어내는 문체를 가지고 있다. 그건 마치 컴컴한 밤의 사건 현장은 제거되고 다음날 오후쯤에나, 혹은 십 년 후 어느 카페의 테라스에서 탐정소설이 시작되는 것과도 같다. 또 이를테면 나는 누구인가? 라고 쓰지 않고 "나는 아무것도 아니다"라는 문장으로 기억상실자의 이야기가 시작되는 것과도 같다.

'누구'나 '무엇' 같은 단어는 존재의 밀도가 높은 말이다. 그 안에는 불확실한 존재에 대한 강박과 초조감이 실려 있는데다 물음형으로 쓰일 때는 더욱이나 그런 초조감이 그대로 노출되는 까닭에, '나는 아무것도 아니다'는 말에서 느껴지는 상실된 존재의 모호함과는 효과가 다르다. 아무것도 아닌 것은 정말 아무것도 아닌 것인가. 아이는 정말 아무것도 아닌 일로 울고 있나. 인간은 존재의 사라짐 속에서도 존재를 느끼는 기이한 촉각을 가진 동물이다. 그렇기에 아무것도 아닌 것에도 존재의 환영이 따라다닌다. '창유리를 뒤덮고 있는 끈질긴 저 증기' 처럼 그것은 손으로 지울 수도 없고 저절로 증발하지도 않는 환영인지라, 그저 환하고 뿌연 실루엣으로 감지되는 존재성이다.

소설의 흐름을 따라가다 보면 물론 '누구' 라는 말이 나온다. "글자들이 춤을 춘다. 나는 누구일까?" 이런 경우에 물음은 당연히 물음일 수도 있겠으나 한편으로는 '나' 를 증발시키기 위한 수사적 표현처럼 들리기도 하고 일종의 '분위기 띄우기' 전술처럼 보이기도 한다. 글자들이 춤을 추고 나는 춤추는 글자들 사이에서 부유하다 날아가버리는 게 아닐까. 지금까지 읽어온 소설의 문장들이 '누구' 의 밀도를 그만큼 떨어뜨려놓은 것이다. 어떤 모호한 존재적 상황을 '분위기' 라는 말로 칭해본다면, 모디아노는 그런 분위기를 끈질기게 지속시켜나가는 데에 탁월한 작가일 뿐 아니라 그걸 꽤나 즐기는 편이다.

『팔월의 일요일들』에는 '남십자성' 이라 불리는 아주 유서 깊은 다이아몬드가 나오는데, 실비아는 그걸 훔쳐서 목걸이로 걸고 다닌다. 그녀는 "다이아몬드를 입으로 가져가서 마치 캐러멜을 빨듯이 두 입술 사이에 물고 있곤 하는 묘한 습관" 을 가지고 있다. 그 다이아몬드에 눈독을 들이고 있는 닐은 그런 행동을 놓치지 않고 주시하다가 말한다, "조심해요…… 그거 다 녹아버리겠어……".

이름 없는 화자인 '나'와 실비아는 사실 그 다이아몬드를 닐과 쿼니 부부에게 비싸게 팔아치울 작정이었다. 그런데 상황은 이상하게 전개되어, 한밤중에 어느 담뱃가게 앞에다 나만 덩그러니 남겨놓고 닐과 쿼니, 실비아를 태운 차는 사라져버린다. 남십자성도 실비아의 목에 걸린 채로 함께 사라진다. 그리고 여러 해가 지나간 후에 나는 "너무나 조각나고 불연속적인" 기억을 더듬으며(소설은 이 훗날의 시점에서 현재와 과거의 사건 조각들을 뒤섞어 들려준다), 해묵은 사진 몇 장을 통해서 닐이라는 사내의 정체에 접근하게 되고, 그와 실비아가 한패였을 거라는 짐작에도 이르게 된다. 그들과 다이아몬드가 함께 증발해버린 니스의 거리들을 부유하면서 나는 이런 생각을 한다. "우리들 인생에서 단단하고 알맹이가 있는 단 한 가지, 불변하는 단 하나의 표상은 바로 그 다이아몬드였다. 그 다이아몬드가 우리에게 불운을 가져온 것일까?"

> 순간, 오랜 기억상실 끝에 자신이 남긴 몇 가지 자취를 되찾게 되는 때처럼 현기증이 밀려들었다.
> _『잃어버린 거리』

모디아노의 어둠은 기억 안에 존재하는 어떤 상황적 어둠이라고 할 수 있다. 점령기의 밤, 그리고 또다른 역사의 밤들. 역사는 낡은 유럽의 과거이자 한 개인의 과거이기도 하지만, 특히 어떤 무리의 과거로 나타난다. 흡사 유령 떼와도 같은 한 동아리의 인물 군상이 그의 소설마다 거의 빠짐없이 등장한다. "대낮에 뭐도 푸케가 무얼 하겠는가? 그리고 장 테라유는? 그리고 마리오는? 그리고 파바르는? 그리고 회색 눈의 그의 아내는? 그 시절에 이미 그들이 유령에 지나지 않았던 것처럼 나는 그들을 오로지 밤 속에서만 알아볼 수 있었다."(같은 책)

밤에만 떠도는 그 기억 속의 유령들은 프랑스, 미국, 영국, 이탈리아 등 구미 각국산 자동차를 타고 이리저리 몰려다니다 어느 순간 흩어져버리는 유랑의 무리이기도 하여, 소규모로 무대에 올려진 현대판 디아스포라의 역사를 연상시킨다. 기억상실은 그 유랑하는 무리의 밤들을 지워버린다.

모디아노의 인물들은 대개 기 롤랑만큼은 아니더라도 이런저런 이유로 구멍 뚫린 기억을 가지고 있다. 『잃어버린 거리』에 나오는 인물은 그런 면에서 기 롤랑 이후로 가장 흥미로운 경우라 여겨진다. 그는 이십 년 전 어떤 살인사건에 연루되어 도망치듯 파리를 떠나 영국으로 건너간 후 탐정소설 유의 '자비스' 시리즈를 써서 성공을 거둔다. 파리 시절 그의 이름은 장 데커이며,

그후 이십 년 동안 "영국 작가라는 두꺼운 갑옷"을 걸치고 "어떤 침묵 덕분에" 살아온 그는 앰브로즈 가이즈이다. 앰브로즈 가이즈는 장 데커의 기억을 죽임으로써 태어난 인물(그는 모국어 프랑스말의 기억까지도 죽였다!), 그런데 그 앰브로즈 가이즈가 어느 일본인 사업가와 판권계약을 맺으러 이십 년 만에 파리 공항에 내리는 날, 소설이 시작된다. 그는 파리 시내의 영어책 서점에서 자신의 책인 자비스 시리즈 한 권을 들춰보며 "앰브로즈 가이즈를 도버 해협 저 건너편에 두고 왔다"고 느낀다. 심지어 "내 생애의 지난 이십 년이 단숨에 지워져버렸다"고 말하기도 한다. 그리고는 이십 년 전 스무 살 때의 장 데커와 그 주변의 유령들을 추적하기 시작한다. 그의 인생은 마치 이십 년 단위로 기억상실증에 빠져드는 회전목마의 그것 같다.

기억상실은 모디아노의 소설적 증세, 다시 말해 상상적 증세이다. 상상세계는 작가의 현실이 아닐뿐더러 그 안에는 보편적인 상징 작용부터 희한한 욕망의 놀이까지 다 끼어들 여지가 있다. 모디아노 인물의 기억상실증은 어떤 경우일까. 한 가지로 말하기는 어렵고 그건 작가에 대한 예의도 아니라고 생각되므로, 몇 가지 가능성을 짚어볼 수 있을 것이다.

가령 모디아노 소설에서 많은 사람들이 지적했던 자기정체성(identity) 문제, 즉 '나는 누구인가' 하는 물음은 주인공 인물의 추적 행위를 이끌어가는 상징적 작용이라고 보인다. 이를테면 기억상실 증세는 집요하게 '나는 누구인가' 하는 물음을 부추기면서 두 가지의 중요한 기능을 수행하는 셈이다. 하나는 서술 구조의 일관성을 보장해주는 것이고, 다른 하나는 소설 전체에 어떤 존재론적 테마 혹은 분위기를 불어넣는 것이다. 모디아노는 그 구조와 테마, 분위기, 인물형을 조화시키는 제 나름의 소설 미학을 『가족 수첩』 이후에, 그러니까 『어두운 상점들……』에서 이루어낸 것 같다. 그러나 이런 유의 설명은 너무 고상하다는 게 흠일 터이다.

『어두운 상점들……』 이후로 모디아노의 회전목마는 자꾸 기억상실증에 빠져드는 모습을 보여주는데, 그 증세는 어찌 보면 불가피하고 어찌 보면 고의적인 기억살해의 증세와도 비슷해 보인다. 『가족 수첩』의 화자는 "기억상실자만 될 수 있다면 무슨 대가라도 치렀을 것"이라고 말한 적이 있다. 이 말은 거의 '기억을 죽일 수만 있다면 무슨 대가라도 치렀을 것'이라는 듯한 여운을 남긴다. 그 다음해, 묘하게도 기억상실자 인물이 태어났다. 기 롤랑. 그는 "십 년 전, 내가 갑자기 기억상실증에 걸려 안개 속에서 더듬거리고 있었을 때"라는 얘기를 하는데, 십 년 전에 무슨 일로 갑자기 그렇게 되었는가는 침묵할 수밖에 없다. 그는 기억상실자니까 그때의 기억이 없다. 대체 십 년 전에 무슨 일이 있었나. 이 물음은 내가 누구인가, 하는 물음과 마찬가지로 소설 안에서 답을 구하는 건 아니다. 그 대답이 주어지면 소설은 무너진다. 완전히 무너지지는 않더라도 독특한 모호함의 미학은 사라지고 그 자리에 인과적인 설명이 들어앉을 것이다. 기억은 알게 모르게 과거로써 현재를 이해하려는 경향이 있으니까. 하지만 독자는 간혹 이해의 필요를 느낀다. 작중 인물에서 작가에게로 건너뛰기는 뭣하지만, 내친 김에 뛰어보면, 십 년 전은 파트릭 모디아노의 첫 소설 『에투알 광장』이 출간된 해이다. 라파엘 슐레밀로비치가 파트릭의 기억들을 착란적인 상태로 흩뿌려놓은 해이기도 하다. 왜 하필 착란증일까. 그건 살아날뛰는 상태로 기억을 죽이는 방법이 아닌가. 『잃어버린 거리』의 인물도 그와 유사한 경험을 가지고 있다. 스무 살 때의 자신이었던 장 데커의 기억과 모국어를 생매장하고 그 무덤 위에서 일본까지 알려진 세계적인 탐정소설 작가로 다시 태어난 인물이 바로 앰브로즈 가이즈. 그는 착란증 환자는 아니다. 우선은 살아남기 위해서, 차후로는 유명 작가의 이름과 삶을 지키려고 이십 년간 옛 기억을 죽였던 거다. 모디아노는 자기 소설들이 모종의 기억살해에서 시작되었다고 생각한 것일까.

기억살해는 감옥에 들어가야 할 죄목은 아니다. 다분히 상상적인 살해 행위이므로 그것은 누구한테나 일어날 수 있는 일이고 어느 시대에나 일어났었다. 특히나 20세기 문화는 전통 기억들의 도살장이었다고 해도 지나친 말은 아니리라. 모든 과거를 끌어안고 새 도약을 이룰 수는 없는 노릇이니, 기억살해의 죄는, 만약 그것이 죄라면, 철창 안에서 대가를 치를 것이 아니라 그날그날의 시간 속에서 치러야 할 것이다. 막연한 죄의식의 감정, 또는 모디아노의 인물들에게 자주 나타나는 과거 추적에의 강박이라든가 옛날 신문, 사진, 전화번호부, 자잘한 메모나 서류 조각 같은 것에 유독 집착하는 증세들이 그 대가를 치르는 방식일 수도 있다.

소설가는 아무래도 소설을 쓰는 가운데 자기 안에서 죽지 않는 갈등이나 죄의식을 표출해낸다. 그리고 소설의 미학으로 어떤 상상적 죗값을 치르기도 한다. 모디아노의 경우에 『어두운 상점들의 거리』가 그 이중적 역할을 해주었던 게 아닐까. 이 소설은 기억을 죽이면서 또 기억을 살려가는 이야기였다. 기억이라는 괴물은 십 년간 죽어 있다가도 조각조각 다시 살아나는 소생력을 가지고 있다. 상상 행위에서 확인사살이란 불가능한 것인가. 그런 모양이다. 더군다나 그 괴물이 완전히 죽어버리는 날에는 소설도 살아 있으리라는 보장이 없다. 상상은 곧잘 타협하고, 타협하면서 묘책을 제시해준다. 기억을 더듬어가는 기억상실자의 이야기. 잘게 부서져 날아가버릴 듯한 흔적들. 그후 이십 년간 모디아노는 그 '조각나고 불연속적인' 기억의 미학에서 벗어나지 않고 있다. 소설가도 인간이지 무모한 소설 탐구의 기계가 아니라는 걸 말해주는 여정이었다. 아래의 글은 『신혼여행』의 장 B.가 하는 말이다.

"나는 '탐험가' 라는 낡은 이름으로 불리면 딱 어울릴 만한 그 직업에 종사할 나이는 우리에게 이미 지났다고 말하고 싶었다. (…) 어렸을 때는 선배들의 전례를 따르고 싶어했지만 우리는 너무 늦게 시작한 셈이었다. 탐험해야 할 처녀지가 더이상 남아 있지 않았다."

> 뭔가 지워졌던 것들이 빛 가운데로 다시 떠오르기
> 위해서는 긴 시간이 필요하다.
> _『도라 브루더』(1997).

『도라 브루더』는 팔 년에 걸쳐 이루어진 추적의 기록이다. 책으로 나온 시기는 1997년 봄이지만 주로 1996년 후반기에 씌어진 듯하고, 실제로 모디아노의 추적이 시작된 때는 1988년 12월, 옛날 〈파리 수아르〉 신문에서 '여자아이를 찾습니다' 라는 실종기사와 마주쳤던 날이다.

그 팔 년 동안에 모디아노는 몇 개의 다른 소설을 써내기도 했다. 위에 인용된 『신혼여행』도 그 중 하나인데, 장 B.의 말은 결과적으로 그에게 딱 들어맞지는 않았다. '탐험해야 할 처녀지'는 아직 남아 있었다. 하기야, 처녀지가 어떤 곳을 뜻하느냐에 따라 사정은 달라 보일지도 모르겠다. 그것이 이제껏 어느 누구도 밟아보지 못했던 새로운 땅을 뜻하는 것이라면 장 B.의 말은 상당히 맞을 것이다. 지구상에 그런 처녀지는 그리 많이 남아 있지 않고, 남아 있더라도 모디아노는 새로운 탐험에 나서지 않았을 것이다. 누군가 이미 지나갔던 자리가 아니라면 그 어디에도 끌리지 않는 작가가 모디아노 아니던가. 그는 소설의 아마존 지대를 탐험하기 위해서 팔 년을 쏟아부을 만큼 젊지도 않거니와 그러기에는 또 너무 게으른 것도 같다. 『도라 브루더』는 그가 오십 년을 살아왔고 삼십 년간 소설의 공간으로 애용했던 파리에서 시작하여 파리에서 끝나는 책이니 말이다.

모디아노는 역사 속에서 작은 처녀지를 발견했다. 도라 브루더, 그녀의 삶은 무수한 사람들이 밟고 지나갔으나 아무도 기억하지 못하는 역사의 황무지였다. 나치 점령기에 관해서는 유별난 기억을 가지고 있는 모디아노도 그런 이름의 유대인 소녀가 그 시대에 살았는지, 키가 얼마나 되었으며 눈동자는 무슨 색깔이었는지, 어떤 옷차림으로 실종되었는지, 몇 년 몇 월 며칠에 아우슈비츠행 열차에 실려갔는지 하는 것은 꿈에도 알 수 없는 사항이었다. 그녀는 기억 속에도 상상 속에도 존재하지 않았다. 먼지 알갱이처럼 아주 미세한 조각으로도 존재하지 않았다. 그녀는 말 그대로 인식의 바깥이었다. 그녀는 단지 십오 년 남짓한 동안 역사의 현재 속에 존재했으나 과거가 되어버린 역사는 그녀를 지워버렸다.

거의 반세기가 흐른 뒤, 모디아노가 그 소녀의 존재를 발견하게 된 것은 새삼스레 탐험가 정신이 발동했기 때문은 아니었다. 어느 날 빛바랜 신문 더미를 들춰보던 중에 느닷없이 일어난 일이었다.

"옛날 신문 1941년 12월 31일자 〈파리 수아르〉에서 우연히 나는 3면의 어느 기사란에 눈을 멈췄다."

"1988년 12월, 해묵은 〈파리 수아르〉 신문에서 도라 브루더의 실종기사를 읽은 후로 나는 끊임없이 그것에 대해 생각했다. 여러 달이 흘러갔다. 세밀한 몇 가지 디테일은 내 머리를 떠나지 않았다. 오르나노 대로 41번지. 1미터 55센티미터, 갸름한 얼굴, 회갈색 눈, 회색 산책용 외투, 자주색 스웨터, 감청색 치마와 모자, 밤색 운동화. 그리고 주위에는 온통 밤, 침묵, 망각, 무(無)."

새로운 발견이 어떻게 이루어지는가는 역사의 몇몇 수수께끼 중 하나일 것이다. 우연일까 필연일까 하는 물음은 나중에 어떤 신비감의 여파로 끝없이 제기되곤 하지만, 그 물음이 새로운 발견으로 이끌어주는 것은 아니며 그 첫 순간의 수수께끼를 풀어주는 열쇠도 아니다. 발견된 것은 발견된 것이다. 발견되지 않았다면 그것은 존재하더라도 존재하지 않으리라.

그리스 시대부터 존재해온 '더는 쪼개질 수 없는 입자' 아톰 속에서 얼마나 더 작고 기묘한 입자들이 새로 나타났는가를 생각해보면, 〈파리 수아르〉 3면의 실종기사가 모디아노에게 어떤 새로운 지평을 열어주었는가도 추측해볼 수 있는 일이다. 아버지의 기억을 통해서 그가 추적해온 나치 점령기는 결국 '그의 점령기'였을 따름이다. 그것은 모디아노의 상상적 아톰들의 세계였다. 조각나고 불연속적인 모습으로 나타날 수밖에 없었던 것이 그 세계의 운명이었다면 그건 어느 정도 소설가 모디아노가 그 세계에 부여한 미학적 운명이었고, 그런 운명 속에서도 조각난 에피소드들은 끊임없이 되살아나곤 했다. 지워지고 흐트러진 상태로나마 그 안에는 이야기가 있었다. 도라 브루더는 어떤가. 이 열다섯 살 소녀가 모디아노에게 처음 나타났던 날, 그녀는 "몇 가지 디테일"에 불과했다. 모디아노의 소설에 등장하는 최소의 아톰은 아마 스냅사진이랄 수 있겠는데, 한 장의 스냅사진에도 얼마나 많은 디테일이 들어 있는지 우리는 다 헤아릴 수가 없다. 그녀는 사실상 스냅사진만도 못한 상태로 역사의 밤 속으로 실종된 것이다. 그러나 추적의 욕구는 눈으로 헤아려볼 수 있는 디테일의 양에 비례하여 증폭되는 것은 아닌지라, 모디아노는 그 환각에 가까운 몇 개 디테일에 매료되고 말았고 그리하여 팔 년간의 추적이 시작된다.

도라 브루더를 추적하기 위하여 모디아노는 일부러 기억상실자 인물을 만들어낼 필요가 없었다. 역사 자체가 기억상실증에 걸려 있었다. 그녀에 대한 그 자신의 기억은 1945년에 막 태어났던 그때처럼 백지 상태나 다름없었다. 그는 아버지의 기억을 죽이는 데서 시작하는 소설을 쓸 필요가 없었다. 소설가 모디아노에게 도라 브루더는 구원의 천사와도 같았다. 그의 기억살해 욕구를 치유해주는 천사. 역사가 그 살해자의 역할을 너무 충분하리만치 맡아 해주었기 때문에 파트릭 모디아노에게 남은 몫은 그녀를 다시 살려내는 일, 완전히 소생시키지는 못하더라도 살아남은 그녀의 최소한의 흔적들이라도 모아서 하나의 이야기, 하나의 기록으로 남기는 일……

그러나, 그의 책들이 흔히 그러하듯 『도라 브루더』도 '추적'과 '기록'이라는 서로 떼놓을 수 없는 두 인간 행위의 집념과 모호함을 여실히 드러내준다. 파트릭 모디아노는 차츰씩, 계절이 바뀌듯이, 삼십 년간 변모하기는 했어도 몇 가지는 변하지 않았다. 그는 프랑스어 단문들을 사랑하고, 강박적으로 추적하는 작업에 지칠 줄 모르며, 흔적과 흔적 사이의 빈 공간에 집착한다.

그 공백을 메우려 애를 쓰면서도 애초에 그런 공백을 갖고 있지 않은 존재에게는 관심이 없다. 사람이 콧구멍으로 숨을 쉬고 두 입술이 열린 틈새로 말을 하는 것처럼 추억도 그러하고, 역사도 그러하고, 간혹은 그 빈 틈새로 기억의 천사가 지나간다고 생각하는 것 같다.

1997년 11월

김운비

지은이 **파트릭 모디아노**
1945년 프랑스 불로뉴 비양쿠르 출생. 1968년 『에투알 광장』으로 로제 니미에상, 페네옹상을 받으며 데뷔했다. 1972년 『외곽 순환도로』로 아카데미 프랑세즈 소설 대상을, 1978년 『어두운 상점들의 거리』로 공쿠르상을 수상했고 1984년과 2000년에는 전 작품에 대해 각각 프랭스 피에르 드 모나코상, 폴 모랑 문학 대상을 수상했다. 그 밖의 작품으로 『혈통』 『한밤의 사고』 『작은 보석』 『신원 미상 여자』 등이 있다. 2014년 노벨문학상을 수상했다.

옮긴이 **김운비**
문학평론가, 소설가. 서울대 불문과를 졸업하고 프랑스 파리 7대학에서 현대소설 연구로 박사학위를 받았다. 지은 책으로 장편소설 『청동 입술』이 있으며, 『정열의 열매들』 『아름다움을 훔치다』 『페기 수와 유령들』 『천국 같은』 『식인귀의 행복을 위하여』 등을 우리말로 옮겼다.

문학동네 세계문학
도라 브루더

1판 1쇄 1997년 12월 1일
2판 1쇄 2007년 10월 31일 | 2판 2쇄 2014년 10월 24일

지은이 파트릭 모디아노
옮긴이 김운비
펴낸이 강병선

펴낸곳 (주)문학동네
출판등록 1993년 10월 22일 제406-2003-000045호
주소 413-120 경기도 파주시 회동길 210
전자우편 editor@munhak.com | 대표전화 031) 955-8888 | 팩스 031) 955-8855
문의전화 031) 955-1927(마케팅) 031) 955-2654(편집)
문학동네카페 http://cafe.naver.com/mhdn

ISBN 978-89-546-0422-2 03860

www.munhak.com

파트릭 모디아노

Patrick Modiano

현존하는 프랑스 작가 중 탁월한 문학성을 인정받고 있는 현대문학의 거장. 현대인의 의식세계와 정체성의 문제를 특유의 몽환적이고 신비로운 언어로 탐색해왔다. 소설가로 글을 쓰기 시작하면서부터 두 해에 한 번씩 꾸준히 작품을 발표해 여전히 많은 독자들의 기대를 한몸에 받고 있는 '젊은' 작가이다. 2014년 노벨문학상을 수상했다.

어두운 상점들의 거리 **김화영 옮김**

공쿠르상 수상에 빛나는 모디아노 최고의 걸작. 프루스트가 말한 존재의 근원으로서의 '잃어버린 시간'을 슬픔이 가득 담긴 신비와 몽상의 언어로 탐색한다. '인간존재의 소멸된 자아 찾기'라는 보편적 주제의식을 명징하게 보여주는 소설.

신원 미상 여자 **조용희 옮김**

흔적, 희미한 정체성, 구멍 뚫린 기억…… 사춘기를 지나 소녀에서 여인이 되려는 여자들이 겪는 생의 슬픈 편린들. 잊힌 장소와 흘러간 시간의 형언할 수 없는 분위기를 살려내는 데 천재적인 모디아노의 매력이 드러난 작품.